變成的人

許恩恩

目次

推薦序

無關宏旨，與傷心欲絕：淺析《變成的人》與無以名狀的社會運動

張亦絢

曾經，（楊）佳嫻在公開場合問我，在那些運動的現場，有令我印象深刻的事嗎？我停了一下，乾脆地回答：沒有。這樣說既是真，也是假。因為，提取一個場景或片段，佐證或推翻某種神話，就太輕率了。然而，記憶並非無作用。比如說，有次我走經那個藍白相間的大不義遺址，有人正嘗試重建野百合學運的現場來拍攝。我瞥了一眼，感到失笑：假設在靜坐的學生，坐得整整齊齊……還排成長方形。也許我什麼都忘了，但我至少知道「那個『體感』完全不是運動的」。但我在乎的是什麼？難道是重建逼真否？重建，未必就有意義。可是，記憶的返鄉也是不由自主的，會自然湧出。比如，面對許恩恩的《變成的人》。

空手奪白刃的文字與不覺迷路的迷宮

這本書令人驚異的好——儘管它可能會在第一時間不符合許多對「這個類型」的預設——然而，正因能夠「逃學罷工不務正業」，才保住了它的開創性。我稱《變成的人》的這個特質叫做「無關宏旨」。無關宏旨與白目，或更糟的目空一切，並不相同。無關宏旨，恰巧是對太正統的論述與鏡像表演有所認知——它抵抗那些誘惑，並不是因為清純無知——非不能，不為也。這裡的「無關」不是「無知」，反而是對「宏旨」太明白了，才可能繞過。

有人說過張愛玲的「絕不迎合」，這很可能被想成孤芳——反正她文采斐然已過人太多，就隨她。我在許恩恩的書寫中，感受到的「不迎合」，卻是少了很多架勢，更「空手奪白刃」的……，比如文字——真是素淨，卻又能「準而不精」。——落點有門道，但鋒芒出現前就全斂住了。我不會說「注重結構」——因為想到結構，一般不會立刻思及迷宮。說迷宮也易被誤解——迷宮在不知是迷宮時，走來很順，只在突然想辨識什麼時，反而會暈——在讀〈島嶼〉時，我注意到一個細節，悅悅的代稱，從一個時間點上開始持續維持著「學姊」——承楷與敏敏這樣喚她沒錯，可「正常」書寫，「悅悅」多半會與「學姊」的代稱交錯才是——這種斬釘截鐵的微差，我們在夢的結構裡會碰到。有時並不重要，有時醒來後分析，則會發現是壓縮後的巨大訊息。此為後者。讀者根據不同敏感度，可能會在前中段覺得「這點似乎不太對勁」，但全部讀完，就能釋疑。

如果以夢的組織來看，《變成的人》是「五個人與一個死」的故事。五個人是台灣學生敏敏、悅悅、承楷、津鳳與往返台港的香港女生Eartha——之所以用了「一個死」那麼曖昧的說法，是因為從第四章開始，這個曖昧性會像舞台布幕般被拉開——然拉開並非揭曉，而是會讓結構重生——向來這類「變形」多會引起兩極反應，惡之者不喜其繁複，但愛之者，則能體會就像宮澤賢治的詩所說的「會下的雨就是會下」——有些感情就是只在複構中，才能顯露。

我原不期待看到太深刻的感情描述——畢竟，這書乍看很像「運動者手記」，可能以記事為主。但意外地，雖然風格節制，無論出現的台港同女情侶，社團相濡以沫的「兩小無猜」——難得地不賴同志書寫中，某種太巴洛克或矯飾的鋪張手法，而是靠著沉著的點到為止——不只搔著癢處，也後勁綿綿。這種好技巧，使得人物取樣固然不多，卻都能令人有真摯之感。因此，小說的另一鮮明成就，是寫出了「傷心欲絕」——個人的、戀情的，同時也是世代與（社會）運動圈的。

運動中的超強抓漏直到抓到幽靈……

過去因為戒嚴，有些被定義為政治性的小說，嚴格來說，有時仍只是諷刺或醜化政治行動或異議者，針砭可能到位，但「政治（人物）會背叛你」的主調，是否關心社會結構的改變，還是仍與既得利益裡應外合，似不無疑義。到賴香吟之後，才在繼承中也進行反叛，厚實了個人與公共之間，更細膩的對照。《變成的人》先可放在這個譜系裡。但另方面，作為「太陽花世代」的剖面，小說的切片，更呈現了新一代人的「問題叢集」與「精神狀態」，相信將是影響力與象徵性兼具的文學檔案。小說問道：「如果一個人，在他十幾二十歲的時光，完全浸泡在社會運動裡，那會跟一般人有什麼不同？」——儘管不到「每役必與」的程度，《變成的人》中，學生參與運動的密度驚人——在過去，這類現象雖也存在——說「趕場」可笑，但人際會交織且議題常相牽，太被耗損時，也會怨笑，「應立下三十歲後才關心社會的守則」。但在沒社群媒體時，即使會說彼此壞話，傳播總在數月之後。第一章出現「一度」、「二度」這種說法，令人想起社會學說的「六度分隔」，但臉書上已加速又加劇，「用戶越多，世界越小」——變小，空曠性的自我空間也會縮水。然而，有些事物還是非實體不可——小說常標記地理位置與距離，也與讓「實體實體化」有關。

小說開始於「在三峽的美髮店掉傘」，倒敘時已是「兩度進去立法院」，「兩度」這是指？「五一七」那天確實下雨，所以是二〇一九台灣立法院通過同婚的日子。在同一章，分辨混同立法院與行政院的描寫已陰鬱——二〇一四的三一八與三二三，立法院與行政院之別，應有別乎？——這裡的篇幅無法做完整回顧，但表面化與壓下的衝突解決得了或不？這個切點之準確，堪稱社會運動與太陽花最無可迴避，或說必須調解與意識的「無以名狀」——透過敏敏這個「被告發」的角色，凸顯了抗爭過程中，若干「強迫個人化」所導致的肉身寂寞。「所位與所謂」的多重辯證，也包括了「議場內」與「賤民區」，「在沖繩」與「在台灣」。

如同政治，規則看似明確，但難以言說的禁忌，往往也很頑固——社運的朦朧似又更高，它是兇險或和煦，每個人在進入前或初期，擁有的預備經常不同——在每個時空中，對運動倫理的討論並非總是缺席，且也幾乎都有不同型態的「陣亡者」，有時要直到十年、二十年之後，才找到悼亡的形式，比如探討六八學運「離隊者」的作品，一直到二〇〇〇年後還出現——《變成的人》對「陣亡」的想法尤其不同於傳統，非常值得探討。拉開幅度，我們甚至可把《變成的人》與俄國的「到民間去」、日本戰後學生運動（《我愛過的那個時代》）、美國的「向愛默生學習」（《屠夫渡口》）等一系列「成長小說」變體（在社會運動與風潮中的成長），以及近年的香港書寫，放在一起思考。

此外，小說也用超強抓漏，捕捉了相當多當代社會運動內外部的問題，若干問題「有意識就可修正」，有些也可能反被質疑太天真浪漫——但這裡我想特別提出一個觀察，那就是小說卓越地寫出了「台灣的政治幽靈性」。我稱其「幽靈性」，意思是「它也出沒，它也空氣」——與幽靈接觸對話，古法是開「降靈會」，否則不知如何確認它來了沒——但幽靈有時也會不請自來。兩次沖繩行，在反美軍基地的運動場景中，小說有如神來之筆地描述了「幽靈突然降生肉體，使不能言」的情節——從這個角度來看，所有來自他方的理論與行動，並不能解決我們自己歷史的問題。半（幽）靈半人的台灣人，的確會為現實添亂。可要擺脫幽靈，又是多麼困難。——《變成的人》具備了許多「招靈、迎靈」潛勢，可說妙不可言。

確切的時間點要再考查，但台灣確實接二連三地出現「未來過去式」的小說——從時間的遠方「倒數計時」，深深追憶將被徹底埋葬，「剛剛過去的當下」——很可能是因為「失落」，既是個人，也是共同體的「實存」記號，如同小說中的那句話：「失去證明擁有」——《變成的人》如此記得了最大失去，也就是死亡——或許，正是對「鬼」島如何變成「人」島的此一詰問，情不自禁的思念。

推薦序

過去未完成

童偉格

《過去未完成》（*Past Imperfect*），其實是歷史學家東尼．賈德所著，一部精神史論的書名。表面上，此書是在檢討二次戰後，法國左翼知識分子，如沙特等人的思想缺陷，與面對極權時的卑懦心態，研究何以，他們總是「驚人的前後言行不一」。內裡，此書卻是在追問某個從來一致之「我」的可能性——有無可能，人得以始終「生活在真實中」，而不去順應現實政治所需，變異為另一種人？對賈德而言，歷史意識就是未來意識：昔日理想猶待接續，仍是未來的價值索引。

以一部變化之書，去求索另一部不變之書。讀許恩恩的作品，我首先聯想起的，正是這樣的寫作思維。我猜想，是兩種相異的臨摹彼此交錯，使《變成的人》，成為一部文體獨特的長篇小說。其一，是某種問題意識十分明晰的探討，也許，作者立意回答一個重大的自我提問——倘若有人，將青春年歲盡數交付給社會運動，那麼此人，「會跟一般人有什麼不同」呢？就此而言，小說首章〈院區〉，具備主題陳述的意義，俐落地，聚合了一個「變成」時度的前後，引領讀者，目擊五年過去，昔日參與太陽花運動的大學生她，如今已經畢業，卻猶蝸居在學校附近。每個上班日，她獨自，去向那處鎮壓舊址，行政院內工作。在想像的「兩度」視域中，在「她這輩子見過最乾淨的廁所」裡，她反覆經驗「另一個夢的人來這裡敲門借廁所」。對她而言，彷彿自我「變成」的實歷，亦本然矛盾地，就是他者的始終滯留。

其二，卻是對同一個重大提問的解答封存，或者，是對自我實歷的私密信託。事實上，在小說裡，早在提出上述問句以前、早在佔領立法院的現場，那位運動者，業已在個人記事裡，寫下這樣的宣明——她說，「在運動裡，變成什麼樣的人，只有自己知道」。彷彿她從來自知，在臨場發展並不可測的運動中，一切帶著歷史意識去記下的、從而也就是留待未來去檢索的話語，同時，亦也就是對自我實歷，最具效力的塗銷。

於是，一種是往昔的回憶者她，對他者的逼真幻視；另一種，則是運動的記錄者她，對話語之政治性的向來覺知。這兩種交錯的臨摹，同場，織就了相互依偎的自我否證，使得所謂「我」，這個行動主體的個人在場，成了《變成的人》這部小說裡，最確切的懸案。

這個行動主體：表象看來，是一位會議內容核實員；比喻說來，是一位逐字稿巴托比；或者，如許恩恩所言，是「比誰都更敏感於語言」、「最在乎權力關係作用於語言的一群人」裡的單單一個人——並且，「我們經常也只在語言行使這個界面上在乎權力關係」。總而言之，在眾人之中，這是一位最必要專注的話語勘誤者。抽象看來，個人的在場形同缺席，似乎，總不免是各種形式的巴托比們，普同的宿命。只因對他者敘事的抄寫，所直接造就的，正是「我」之現場性的解離。然而，卻正是對話語力學的在場承感，使「我」格外清楚地知覺到，在每個集議場合裡的自己，是如何，消溶進那些在場同伴們，迫切為之爭論的未來，或指證的歷史。

許恩恩版本的巴托比：小說裡，這位話語勘誤者的個人理解，並不真的能使她，豁免於一種儼然寫定的宿命。然而，她對集議過程的及時寫定，卻可能在多年以後，首先為自己，再現出他者宿命的未決。

也許正是因此，碎形時間的洪流，才會如《變成的人》文體所示，席捲了多年以後，一位命定不在場之「我」的往日重述，而使所謂「變成」的時度，有了求索原初遇合的超越印記——我猜想，在上述明晰的探討框架之外，這整部小說艱難索解的，說不定，更是時度未驗的從來如故。如上所述：以變化來求索不變。複雜些說，這是單單的一個「我」，亦只可能以自己不變的缺席，去為另一位缺席他者，所代行、與所留挽的，所謂「帶著她重新活過一整個生命」的這個自我假設本身。如小說裡，悅悅對津鳳的「變成」。簡要些說，這是社會學理的域外巴托比：許恩恩藉一部小說，以「我」對個體宿命的虛構拆解，一併改寫了社會學理，對一位他者的所謂「宿命型自殺」（Fatalistic Suicide），這樣總難免顯得冷硬的論斷。

洪流般的時間碎片，這般覆蓋幾乎整部小說，令敘事相對遠繞而費解，卻也可能，就情感而言更貼近地，使「我」對他者的揣想，越過單獨一場社會運動的制約，而重新構框向那最初的作者提問——所以，已交付了的全副青春年歲，究竟意謂著什麼呢？在《變成的人》裡，碎片有時顯得鋒利，也許，僅因它們一致折射的，毋寧是各個力場龐然的運動場合裡，單單一個人，「身為運動者的無能為力」。就此而言，他者與「我」，確切並無差異：從二〇一二，二〇一三，二〇一四，二〇一六，二〇一九，直至二〇二一年，在小說裡，由抽象意義的缺席者悅悅，在時間之中，為那位真確早退者津鳳，所側記的每個過往事件，最後，總是複印了更多同伴的挫敗與走離。

我也猜想，宏觀且冷硬地看來，這個結局相似的側記序列，也許無法，不是一個世代之精神史構的局部再現。是這樣的：在就我們所知，是最新的一個世紀裡，那群最近一次共領青春的運動者們，也許，相仿於每個台灣青年世代，是依憑一己所能，重習所謂「普世價值」的臨場協商，既親身實歷箇中脈絡的重層，也體驗一切進步語彙，如何一再遭致反動式的運用。然而，他們畢竟又與前行世代的際遇有別：這個全新的世紀，似乎正在旋身，自體循環地，退轉向普世其外、進步以前。就此而言，一個世代原地耗盡的青春，具證了舉世的世紀性顢頇。

然而，一如許恩恩的研究論文所示：看似短暫、共識分歧的太陽花運動，事實上，在其後更長久的時間裡，持續提升了運動社群的凝聚力。也許，相對宏觀的時間，終將使人更其公允地，再看、再思直觀以為的生與滅。由此，重拾的時間碎片，在《變成的人》裡，有時卻也顯得溫柔，就像磨蝕過自身，因而，得以和緩一切事物之尖銳稜角的磨砂玻璃。只因越過二〇二四年當下，許恩恩且藉虛構，再向朦朧未來預支時間，越過二〇二七，直至二〇三五，如此再更漫長地，全程曳引了從更久以前出發的，離去者的餘光。就此而言，未來意識，總也就是歷史意識——未完成的過去，求索惟有尚未成真的未來，方可能確真的紀念。

於是，當小說在惟它有能預借的那個未來裡，歸攏了時序，並嚮導讀者，進入那處他者自死的密林裡時，對我而言，是在此刻，《變成的人》亦歸結文體流變，索引自己，成為另一本書。一本從各種貌似幻滅的集體運動聲言，謙退向單單一個懸空個體，如斯靜停的有生之書。因為耗盡的青春，亦可能是這樣的：比多年以後、再更多年以後，一位已他者化了的「你」，如今果真到場了。你感覺死者的掌心覆手，準備傾談；你感覺，是「時間把手掌鬆開」，而「她將她自己放下來」。

這樣的寫作思維，當然已使《變成的人》，超脫運動者對運動傷害的單向表述，而使小說一如許恩恩的可能預畫，是以「作為時間本身」的時間，澹問如何，它總是「讓存在運動了起來」。這樣自為的澹問，對我而言，正是這整部小說，以其獨特文體，所立意復原的一種待續。

未竟猶待接續，因為人的至重的脆弱：顢頇而重複的歷史，無能去深切提記的，就由一位巴托比，自我懷抱為時度裡的另一個時度，來予以全身容留。因為亦是這樣的——在小說裡，那位容留諸般誤失的抽象缺席者，已曾如斯清醒地自言：「社會運動這個詞，我覺得要留給激情。」

獻給我們

一、院區

她脖子清爽，推開玻璃門，準備離開，卻找不到原先帶來的黑傘。

偏偏外頭不是一場小雨。櫃檯人員表情苦惱，「我幫你看看倉庫。不好意思，愛心傘都發完了。」

因此，大彩傘被拿了出來。那是一把紅、黃、藍、綠相間的傘，比普通的傘更長更粗大，像海灘上的遮陽傘，傘面如小吃攤的遮雨棚那樣寬。傘面的灰塵抖落，骨架發出細微的摩擦聲。櫃檯人員低頭，嘴角勉力的上揚，「這有點俗，但還堪用。你有加老師的Line嗎？我們之後看監視器，如果找到你的黑傘，再跟你聯繫。」

津鳳緩緩接過，提起大彩傘。她沒有回應櫃檯，不是因為她不在乎原本的黑傘，也不是因為她對於「老師」在社會上過於廣泛地用以尊稱髮型設計師也用以仰稱學運明星所帶來的些微反感。而是因為，她的眼光移到傘面上直直的一行字：「立法院院區專用」。

按開大彩傘握把的按鈕。她將身後的玻璃門推回去。走出校區。

美髮店位於大學路。如果不是小筠的提問，她不會帶著小筠走進校區的深處，在稀疏的森林與泛著橘紅色夕陽的大橋旁，讓一圈圈的圓周畫破空氣。津鳳聽到的不是快門聲，而是不規律卻不間斷的溫潤波聲，那波聲推著她從校區深處的森林走出來，讓她走出校區的每一步都踩著塌陷。

小筠從那一刻起便消失了。每一個問問題的人都會消失。她走出校區，甩一甩脖子。

大彩傘比原本的黑傘更加醒目，過馬路時有一份額外的安全感。

雨季過後，沒有接到誰的聯繫，也就沒有把傘還回去。這把傘最後會靜靜立在危老建築的樓梯間傘桶，直到多年以後與建築共同倒下。

過馬路後就是往台北出發的公車站牌。等紅燈時，她仔細打量握柄。罕見的粗木頭。她想，她應該有見過這把傘，只是想不透，為什麼它會出現在距離立法院三十公里外的美髮店倉庫。

直直落下的滂沱雨勢中，傘幾乎完整罩住了她。她撐著立法院院區專用的傘，走過的地方，好像就都變成了立法院院區。

※

tags:`Book_notes`、`我愛過的那個時代`

《沒有陽光》裡學生示威遊行畫面時所配的這段旁白語句，深刻地烙印在我心中。「我，可以說愛過那個世代」、「這溫柔，可能比他們的政治行動本身擁有更長的生命」。

……有很長一段時間，我拚命地想忘記「那個時代」，因為發生了太多負面的事，所以不願意去回想，而且大家都認定那是一場噩夢。

※

黑傘是一把平凡的超商傘。五月十七日在超商所買。

那天早上，當津鳳出台北車站M8出口時，聞到熟悉的潮濕土味，知道那是該年雨季的序幕。印有「在這巨大的宇宙裡你並不是孤單一人」這行字的上衣是黑色的，超商的傘她就同樣拿了黑色。

她有很多兩度的朋友兩度進去立法院。這是為什麼，如果她想，她就能夠進到立法院院區。

我們是什麼時候開始用兩度（two-degree）這個詞，來指稱「朋友的朋友」呢？在思索著要傳訊息給哪個朋友的時候，津鳳突然想到這件事。

這個學科的行話很多。他們真心喜歡這個學科的內容。她回憶大學時修社會網絡，計算著點度、中心性、叢聚係數，討論著結構洞和弱連結的意義，其後那就成為了同學談論人際關係的行話。不過，那只是她第二喜歡的課。最喜歡的還是社會思想史，當教授打趣地將理論家們統稱為「老爺爺」的時候，她舉手反問：「為什麼沒有老奶奶？」教授是威嚴感很強的人，一時驚訝後卻露出和煦的笑容說：「老奶奶死得早。」全班也都笑了。那門課她拿到最高分。拿到書卷獎。兩度。

她有很多兩度（two-degree）的朋友重返立院，這意味著進入院區的路線有很多條。大家都想進去吸一口名為「歷史時刻」的空氣。

但是，她穿著黑衣，抿著嘴唇微笑，在院區內深呼吸二十二次，對上四雙眼睛，走過陸橋，跟兩度朋友說了十七句話，接著遇到一個朋友，上了一次廁所以後，抬頭看轉播議場的電視，她便改變了心意。

她想跟一度的人共度，在馬路上，在街頭。

議場的錘子落下之前，她走出院區，回到中山南路。街上有很多人，越來越多穿黑衣服的人，相互親吻。

街上滿溢著潮濕而不凝滯的空氣，閃光與快門聲正式為這股空氣命名。

津鳳，一手撐著不久後將搞丟的黑傘，一手攬著身旁的人，一個個擁抱。在街頭，她找到幾個一度的人，曾經同社團的，在社團交流會認識的，還有非營利組織做志工的，曾經的同班同學。一直以來，無論是進去裡面，或是在外面，都可以找到人。這便是社會運動。

大家不吝惜於慶祝此刻而攬著彼此，象徵地接吻。不吝惜任何一個快門聲捕捉難得片刻的慶歡。

那時候她想著，以後或許能夠與（即使現在還沒出現的）另一個她共度終身；另外，她想著，她願意在提出這版草案的地方上班。

※

她往往會走天津街那一側的門。

因為前門張揚，後門過於喧鬧，善導寺站一號出口直直走出的忠孝東路步道上，只會有零星的公務員與警察。不是戶外巡查值班的警察，是坐在辦公室裡的那種警察。途經警政署時，她總會看幾眼那已經消失的塗鴉。

從天津門進去院區，還要走一分鐘的柏油路才會到建築物。有一次戴著耳機進去，過天津那個由警衛掌控的電動閘門時，她腳步踉蹌了一下，耳機掉入閘門底下的凹槽。警衛彎下身替她撿起，態度和善且尊敬，好像那一隻耳機是重要的公文那樣。

天津門進去，再走一分鐘的柏油路，就是行政院建物的正門口，走進去，就可以打卡上班。如果她穿得過於波西米亞，建物正門口的另一名警衛會要求她再出示一次識別證。

每一天，上班第一件事，也是最重要的事，就是說明自己是行政院的員工。那會為她與愛人之間的爭端埋下種子。但是，當時她還不明白，這個矛盾所波及的，不只是曾來過這裡的人，也包括從未來過這裡的人。

行政院建物的正門口有兩種進入方式：座車停在車道從正中央走進入，以及雙腳從兩側樓梯走進入。

行政院建物的正門口有兩種離開的方式：走出去，或是被抬出去。建築物的正門口樓梯有一種特別的使用方式：坐一排給媒體拍照。

行政院主棟，似乎沒有「院區專用傘」，至少她在這裡上班的時候沒有見過，也沒有用過。也可能只是她沒有用過。

建築物大廳有兩種使用方式，走過，或是跪下去。樓梯那排還沒走，警察就暫時不會把大家抬走。有人悲壯下跪，請求大家撤走。有人明白將會面臨到什麼，有人覺悟，而有人沒有。

另一個夢的人來這裡敲門借廁所了。

行政院的廁所，是她這輩子見過最乾淨的廁所。當別人問起在行政院上班會不會很辛苦，是不是很常被民眾抗議時，她會搖頭說，院本身沒有直接的對民服務，沒有開放一般民眾進來，所以，院內的員工數量不多，很安靜，女廁尤其清潔女工進來女廁的次數遠比女性員工還要多。

另一個夢的人來這裡敲門借廁所了。

他們以前說的借廁所，可能只是玩笑，同時也帶一點僥倖的策略意圖，要是真的因為借廁所而進入建築，內呼外應，佔領就水到渠成。但是往往更早被識破。但是也往往，抗議時間拉長而有人真的需要上廁所，所以借廁所變成在建物外面呼喊的口號，有時候要喊：「市長不願意接我們的陳情書。」有時候要喊：「部長不讓我們上廁所。」

另一個夢的人來這裡敲門借廁所了。這裡不是立法院，這裡是行政院；這裡不是行政院，這裡是立法院。她在聯繫救護人力的時候被難得失控的敏敏嗆了前面那一句；她要承楷別去增援的時候說了後面那一句。

另一個夢的人來這裡敲門借廁所了。「大院得做個決定。」這是行政院。

另一個夢的人來這裡敲門借廁所了。她曾在洗手台洗頭，她的身後有三個沒有人使用的馬桶隔間，右手邊是這三個隔間的共同大門，共同大門外有個二樓的人看守。洗到一半，二樓的人問能不能讓另一個女生進來一起洗，因為快要開會了；她說好。幾天後，她在二樓剪髮，把長髮剪回短髮。這是立法院。

多年以後，當津鳳罩在美髮店的「立法院院區專用」傘下，想起這不是她第一次將頭髮剪得這麼短，而是在那段短居於立法院時期自行在廁所內將後髮整截剪去，她會感覺到脖子一陣冰涼。

上班。她的手上有印好的出席名單，但她又拿了一張行政院專用的紅框便條紙，畫了一個ㄇ字型的座位表，重新謄寫一份出席名單的所屬單位。因為標準印製版只有標註與會者所屬的「部」，她要另外手動再加上「署」。若有她要提問與稱呼的時機，在壓下彎起的座位式麥克風、壓下按鈕讓指示燈變成紅色的時刻，是辨別你我的時刻。對，即使在這裡，她也想要被視為「我們」，如同過去任何一個她待過的場域。那個時刻，叫「疾管署的同仁」、「國健署的同仁」，比起視同地喊「衛福部的同仁」更加懂行。

上班。她揣測來到大院開會的人都怎麼看待她。事後，她銷毀小抄，就像五年前的那天稍早，被派去巡視院外警力布陣，準備要回報夥伴的手繪圖。因為場外出了騷動而傳不回議場內，事後擔心成為找首謀的證據而銷毀。那張手繪圖的標題，中文大大的二字寫在正中央，「院區」。

另一個夢的人來這裡敲門借廁所了。她說：「我沒有權力做決定。」但她不可謂沒有參與在決定之中。當她在員工不多的行政院主棟裡，她走向悉心維護的花園，遺憾著並不常有人在這裡徘徊散心。

另一個夢的人來這裡敲門借廁所了，「你還要待在這裡多久？」她說差不多該走了。

直到離職之前，她都沒有被發現，她曾在拒馬上做過什麼。她自己從來沒有去確認過那個痕跡還在不在，因為她往往走的是天津那一側的門。

二、筆記

我不知道你想不想知道，如果能夠回去，所謂的回去，對我而言意味著什麼。

有一個連續假期，我經過松仁路，望著新蓋起的百貨及商辦大樓，樓頂有環狀的紫光綠光流轉閃爍。取號碼牌，一蘭拉麵排隊還得等三個小時。她說剛讀完了一本中東戰地記者的書，雖然局勢複雜難懂，但政治語言跟台灣很像而有樂趣，說是很有「既視感」。當下，我聽成「即逝感」。

她繼續引用書裡的當地人受訪，「直到開打的前一刻，我都不相信會真的開戰。」我把號碼單塞進口袋，點點頭，抬頭望向她比我略高的臉龐後方。銀白色的髮絲刷上淡淡的紫光綠光。

林立的大樓閃爍，總在不斷變化，流逝不完一般。浮誇的透明走廊，人們在手扶梯上穿梭，流來流去，輪到我流上去的時候，我也開了口說：「希望有生之年，不會看到這裡變成廢墟。」

距離立法院四．四公里，距離大學三十．九公里，這裡是我在台灣最後的住處，白天熙來攘往且有一套淘汰及循環再生的體系：品牌的特惠試用，新車亮相，新機曝光，歌手快閃表演，節慶鑼鼓，網路影片都到這裡找路人受訪。假日參差不齊的街頭表演從樂器演唱到古典民俗特技扯鈴，不乏救救北極熊跟釋放政治犯的募款標語。

與其說是喧囂，更像打翻所有顏料，顏料順著資本與人流滾動，這就是城市的核心地帶所維護著的形象，亂中有序的繽紛。轟炸聲來到以前，這裡從來都跟寂靜、稀疏及頹敗等形容景的詞彙，沒有關係。也跟貧苦、自卑及內向等形容人的詞彙，沒有關係。

夜晚我會想到，她離開我。Eartha離開台灣的時候匆匆忙忙，好像也非得要我迅速切斷一切。情急之下我簽的租約，竟是在一個這麼核心的地方。全台北市的房東都在等都市更新，我的房東肯定等得特別久。不知道他們是否想過，其實永遠都等不到。

高昂的租金，當然，使我的生活過得不太自由，不過，在大家都失去自由的時候，我反而能夠同情，甚至喜歡上這個地方。歷史上曾有鼠疫，現代則有肺炎人疫，倒讓像我這樣的人突然感到主流。突然感到這關起燈來的商業樓廈就是我竄流的家。媒體形容，那個時期「鬧區有如末日」，百貨公司成了無功能的大型建物，街道寂靜不見人影，巨大廣告招牌襯著街景又更顯頹敗，「有如半廢墟」。雖然，後來，我們會知道那遠遠稱不上末日景觀。

群聚活動取消，餐廳禁止內用，當時台灣人還大多沒有打過疫苗，乖乖躲在家裡。我很少吃餐廳，Eartha離開我一個人不知道該如何走進去餐廳。疫情三級警戒我才出門外帶餐廳的食物。餐廳都在門口擺出一張桌子，口罩加上數倍的社交距離，仍能清楚聽見老闆向客人說明「對，只會開到明天」。結帳檯前有一區鍋盤餐具出售，旁邊擺一大罐酒精。店家的管理者跟基層員工，明天將無處可去。空氣中瀰漫著一股我所熟悉的氣味：告別。

從前很少見到此區店家的人們掛上這樣的神情：自卑，內向，對來客表示感激；而非過往一拉開門就對客人說「請問有預約訂位嗎」的倨傲。我見過都市蛋黃脆弱的一面，開始喜歡這裡。

然而一年後疫情淡去，就像任何社會議題的週期，忘得很快。信義區逐漸振起過往的喧鬧榮光。只有我還懷念那個時候。我能記得同個位置的店家以前賣什麼、哪間義式餐廳在外帶時如何擺放信用卡與餐點、深夜書店換過三次營業時間最後仍倒閉、熱情的酒吧搬到大安區了。恢復正常後許多店家大排長龍風風光光，在那一兩年內可是過得很慘。我非常，非常懷念那個時候。

人們說，再怎麼喧鬧，也比疫情時那段生機一線一線消失、惴惴不安的時期，還要更加平常美好。後來我們都會知道，這些天真的對話，出於我們不曾經歷過更多。而且，我感到美好的時期，總是和別人不同。

真正崩塌的範疇，會發生在更短的瞬間。人們躲在地下室的大型停車場，期盼建物不要倒下。有些事情在發生以前，是連想像都難以逼近。人流不見，招牌不亮，不叫了無生機；窗戶沒有破，骨架沒有裸露，建築物沒有破洞，建物背後的天空及山色還沒有大範圍映入眼簾之前，也不能叫廢墟。

不過，疫情帶來的變化仍有些不可逆。從此，我不再能夠進辦公室上班。

我開始感覺，我能聽見的聲音越來越少。左耳所能聽到的音量小於右耳，只聽得到左側的「上面」或「下面」的局部聲音。雙耳不均衡，給生活上帶來的困擾，或許不容易想像，實際影響卻非常廣泛。因此我越來越少出門。

雙耳感覺到平衡，說來奇怪，就是在轟炸聲來到之前的那一夜之後。巨大的聲響來到時，我感到非常，非常均衡。沒有一夜比那一夜更加熟睡。這並不是說我樂見後來的毀壞與崩塌。但我好像預見了將有一刻我能得到休息。當絕對的巨大聲響傳入雙耳，我的世界是沒有不平衡存在的。我離開房間，樓梯間的傘桶被踢得東倒西歪，外面的百貨公司變成灰色，倒塌有團團巨大泥巴塊堆夾著五顏六色，金色三麥的招牌，或大或小的組合物，拉門跟手扶梯的組成部分等等，有種文明摧毀的恐懼襲來，也有對繁華都市的鄉愁也彷彿從依稀亮白的磁磚地板，長了出來。

「But you've mentioned that you ......」

記者打斷我的談話。

我稍稍向前傾身，怕沒聽清楚他的話，置在榻榻米上的深藍色沙發這才跑進我眼裡。

他有一點白髮，神情舉止很有活性，記憶力不錯。上次他已經問過我的學經歷，並將時間點都記錄得很謹慎，謹慎到我害怕是我記錯了什麼。這是第三或第四次訪問，他問起我最後在台北的生活。

金色三麥，鼎泰豐，威秀影城，我寫下這幾個詞，再把筆記本推回向他。其實我對這些地方一點也不熟悉，即使住了許久，我最懷念的是它們被大家尊為廢墟的時候。這樣的感受要用外語表達出來並不容易。

他帶有一點皺褶卻不掩修長優雅的手指，在格狀筆記本上微幅移動，但都是我看不清楚的字。當他聽不太確定時，就會再把筆記本推向我，把筆遞向我，讓我以文字輔助說明。我不知道，這些細節的描述難道是要輔以重建那個地方嗎？他說他有時間，也想慢慢探索題目，只要我願意談。

綠色的書籤是上次講到一半的段落。推來推去，越寫越厚，他光是收集我的素材就記下許多，不為了一則專題報導，而是為了他想做的更豐厚的什麼內容吧。不管是什麼，我都覺得，由他來記述會是適合的。我想我和他之間隱約有這樣的默契。畢竟，我們竟是出於類似的處境，又是全然不同的原因，而身處在一個不屬於任何一方的國家。

筆記本在他身旁顯得特別小，像他軀幹衍生出來的觸角：提問、拿出、記錄、黏貼、放下、挪開與收回等等的動作總是迅速，本子同筆與書籤收納在一個防水夾鏈袋。轟炸聲的事問到一個段落，就問起更多生活的細節。有時我會先在筆記本上寫下中文字，再試著用英文跟他說。

深描特定時期的景象，抒發個人的城市情感，或許是他的提問策略，也是我不自覺地篩選掉一些更難回答的東西。當他問起我頭兩份工作都是替政治人物做事的原因，我簡單回說，因為我參與過一些社會運動。

他聽到這回答之後緩緩往後靠了一些，沙發映襯他身材抽高，像是不小心買成兒童座位。在沙發裡，我微幅轉了轉肩膀跟脖子，想著先不要做過多的補充。視線回到筆記上，現在換我等待著他的回應。然後我想，參與社會運動的人，英文翻過來是，行動主義者。

搬遷到這裡，答應受訪後的這段時間，只要見面，總是我忙著在說話。我想他可能在咀嚼。我並非不信任他。但是我比他晚了這麼多，才面臨這些事情。我信任他的地方正在於他能夠體諒我。

幾分鐘的沉默，他說，前陣子，他訪問了另一個台灣人，也提到Sunflower Movement，而且有一些回答與我的敘述很類似。我說，這樣的人應該很多。他舉起手示意我不用急著回答，又把長手放在他高䠷的腦袋旁緩緩繞圈，他說慢慢來，說如果我準備好了，應該多多出門，見見過去的朋友。我主動闔上那本筆記本。他緩緩抽回他的筆記本，裡面有我後來確實認識，不，該說是熟悉的一個名字。

但我沒翻開他說的名字。我說，我並非不想見到人，但是。他就什麼也沒說，只是點點頭。

※

台北經常下雨嗎？是。我說我最後一次在台北淋到雨，是在仁愛路上。那是深夜，我從一家酒吧走回住處。明明就是深夜了卻落下一般只在下午襲下的大滴雨柱。已經是秋天，氣旋的作用是像我們這樣的島民也難以精準預知。我沒有大傘。老鼠跟蟑螂躲在水溝裡這時候也偶爾突冒出來，我在寬敞的大馬路盡量閃過他們，找騎樓走。在深夜的仁愛路上我聞著漸漸浮起的潮濕氣味，那時候不知道為什麼就有種即將離開這裡的預感。

記者等待我回答的時間，跟我實際回答的時間一樣，變得越來越長。我對我的回答有越來越多猶豫，或者我會寧可多回想一些他可能覺得無關緊要的場景跟對話。有時，我會請他用我寫的名詞去搜尋資料。語言究竟可以真正回答他提出的深刻問題嗎？每次訪問，他喝兩杯的速度是我的一杯，先疲憊的卻總是我。

撇除問答時光，我初來這個既乾且淨的地方，同樣位處核心卻又古老而秩序的城市時，有點畏懼周遭所見的都市紋理。並不覺得待在房子煎熬。

如果不踏出門，這裡就彷彿還是那裡。有時我感覺時空已不重要，我想要去哪裡就能去哪裡。我不需要聽到太多，也不怕少聽到什麼。我不需要記得，也不想要書寫多一個地景，多一個符號。放棄時間感，端看記憶飄忽到哪裡。

但時間確實流逝了一陣子，我將開始工作，每日將有事可做。只是有幻覺般的聲響在腦內作用，樓房垮塌的意象揮之不去。

我不知道這一切對我而言是太過在乎，還是太過不在乎。我被這些幻覺深深綁住，同時卻也不希望有什麼正常與原狀可以恢復。不過，只要不看見更多建築招牌，不碰觸陽光下的空氣，不聽街道上的人聲，這裡，就是那裡。

我常在這個榻榻米上置有藍色沙發的居所想起從前租的台北公寓，地震使得蜘蛛網般四處蔓延的裂痕。

現在這個地方有地震，也很頻繁，牆壁卻很平整。每每我把壁紙望得久一些，裂痕好像就會浮現。那時候，我也以為只是一場大地震。地震大到一個程度，原來帶給我的竟有一絲平靜。我想，恐懼的模樣很複雜。

遷移到這裡就不再寫日記，因為日子並不是以一天一天記。如果不做一天一天的推移，可以減少患失時間的情緒。記者在我眼神流露出一點繁忙或疲態時，會乾脆地闔上筆記本。英文不是他的母語，這座城市的語言也不是。他的對話節奏總是緩慢，語詞也很簡單。高大而緩慢與從容，給我一種安心感。

現下的居所，窗簾大多時候拉上。白天，我得主動拉開，讓陽光適度進入。那是信裡面，我常常被提醒要做的事情。長居房內的我如今也很明白，陽光有助於我的室內生活。

※

我喜歡打字的冰冷。電子化的筆記總會有每一次更動的痕跡。依照日期排放順序，沉在介面最底下的，就是久未更動過的筆記。我回到臥房，把有著「#Sunflower_Movement」標籤的筆記點開來，順序重新排列了一次。

在臥房裡我會自在許多，畢竟小套房曾是我全部的世界。倚靠著床邊，小小的桌子就能啟動一切。螢幕上是黑色的管理介面，有許多以英文單字拼成的筆記標籤。「#Diary_singi」標籤下的筆記都是以日期命名，也是我上次回答記者的依據。「#Sunflower_Movement」標籤下的標題則都是人名，而且都是我認識的人，台灣人的姓名。

我曾聽著那些錄音檔打成逐字稿，也把逐字稿在電子化的筆記軟體裡做備份，以免重要的文字資料消失毀損。隨意點開一份，是在台南做的訪談，還有一些當時不知道該如何打成字的台語文。

現在，我已經很久沒有說過台語，也很久沒有說過華語了。我所在的房間裡，除了電子產品內的軟體所顯示的語言之外，也沒有其他寫著中文的物品。南部還是北部，也不是那麼重要了。離開台灣的時候，我在北部生活的時間已遠遠超過南部。似乎每到一個新的地方，就需要丟棄一種舊的語言。

移居到這座古老的城市後，稱得上是進化還是退化嗎？究竟什麼是新，什麼是舊，哪一次的鉅變，才算得上是鉅變呢？所謂舊與新，會不會只是年歲前進，個人的累積與崩塌？

我一邊想，一邊沒有做著任何事情，只是想到哪裡的時候，就像現在，像是來到了南方的一個小島，海灘的燠熱及不住的海潮聲拍打而來，但實際上我應該是在很北方的，離海很遠的地方。好的，我正身，向前聆聽，微抬頭望著記者。

我還是得用英文，我得在開口之前，在腦海裡提煉一些重點，先在那貼有綠色標籤的筆記本上，寫下幾個絕對不能漏掉的關鍵詞。請再給我一張白紙好嗎？你說Sunflower Movement都是學生嗎？不是，也有很多社運組織的成員。政黨？對，他們很重要，但這塊比較複雜。大學時期我們參加抗議，總恨不得拆掉政府機構的圍牆，但也只是做做樣子，大聲公跟海報，短講之後就回去寫新聞稿，哪有什麼真正的突圍進攻。起初，佔領立法院，我們也不太知道要做什麼。警察？對，還有發生佔領行政院事件，凌晨四點的民主，抗議國家暴力，但自從我們看到香港的抗爭，就會明白那鎮壓規模還稱不上太嚴重。實際上，我最後一個有進辦公室的工作就在行政院。我朋友在行政院被鎮壓，我卻在那裡上班。轟炸聲以後，我很擔心那棟古蹟會被破壞，但那其實是一棟不義遺址。那時很流行一組問題：從事社會運動，一定會進入政治工作嗎？那幾年，人人被問到這題時，都能思想敏銳、援引事件跟人物來侃侃而談，談到走火入魔，非要用力駁倒個誰才行。現在你說，這些問題還有意義嗎？

※

記者續問有關工作的話題。

我打字很快，從學生時代我就一直保有這項技能，我可以在別人開會的時候把有意義的說話變成文字，有人說這叫做文字轉播，有人說這是一種快速記錄，當然我也能夠在家做逐字稿，或是一邊看影片一邊把影片內容轉成文字。其實什麼樣的文字案件我都接過。我毫無人類潔癖，也能與機器合作。總之，我變成純粹的鍵盤者，罕與真人互動。

這有很多好處。不出門的話，就不會有什麼消費。不出門的話，就不怕暈眩。只是現在想起來，寫了太多的字，過於仰賴文字，把所有的力氣都擺在文字上，詞彙也就膨脹。那些太重的詞彙已經失去原有的重量。

我不能確切記得我與記者的談話停止在哪裡。

什麼是重？等我能用中文思考，已經是在窄小昏暗的房間裡，重新點按著多年以前的日記跟逐字稿。我喜歡點按，不喜歡翻頁這樣的大動作。

電子化筆記軟體的介面像一個大醬缸，得手動替筆記分類。瀏覽筆記的背景介面是白色的。管理筆記的背景介面是黑色的。手動替筆記分類這件事，就是得在黑色背景的管理介面去操作。因此，有時候，我會發現我在黑色背景停留了很久，只是在瀏覽標題，下標籤，修改標籤，就把體感的時間拋向井底。

桌邊的窗簾若有拉開，下午陽光灑進的角度，會使得螢幕特別刺眼。白底時反光，字體更加模糊。模糊的時候，我又會發現，我花了許多時間發愣。

窗簾沒有拉開，我就不太記得讀到什麼段落時會失去意識，醒來之後又是在黑或白的背景。床就在旁邊，卻忘記睡眠落在哪裡。

有些筆記是我跟她往返的手寫信件。

窗簾像是Eartha身上的那東西。

那東西怎麼說，小外套，披肩？

天氣烏陰烏陰。我想起Eartha抱怨台北總是下雨。有一天，雨像是會下又像是不會。我問她要不要帶傘，她說不用，那麼近一下子就回來了。後來她把披肩撐開來高舉頭上，像舉著旗幟行走，又像蝙蝠，落湯的傘蜥蜴。

剛從自助餐出來時還沒下雨，風大，那條黑色披肩像是輕薄圍巾，差點飛走，她伸手一抓，像是暗夜中抓到一隻鳥那樣，沒讓披肩飛走。

這一抓讓她玩心大起。Eartha說我們直走吧，繞路走騎樓，少淋一些雨。結果騎樓間竟有那麼多露天破口，遮一段，雨一段，反反覆覆，像是射擊遊戲，玩家一下子在建物後伺機瞄準，轉身又馬上暴露在槍林彈雨之中。

騎樓的九十度繞路，她又說，我們進去超商吧。大明亮，大冷氣，她的牙齒上下排咬在一起。我沒有披肩可遮，頭髮貼著臉，她說我像下雨天滑壘的球員。她唯一一次看棒球是我帶她去看，那場比賽因為下雨沒有打完。

※

如果我們當初沒有分開，那會是怎麼樣？Eartha跟我不同，早在那時，她不只一次提到，台灣遲早會被中國入侵，戰火是遲早的問題，「不能心存僥倖。」我卻總回說，台灣是個獨立的海島，跟香港畢竟不同；即使局勢趨於嚴峻，那也是機率極小的結果，「不會真的打，至少不會那麼快。」我並非不喜歡和她談論政治，只是更留戀她的手指，掌心，隨後剛沖好咖啡溫熱而濕軟的咖啡粉在我的皮膚，那若是煙硝的土壤也沒關係。我在信裡面不會寫到這些事情。信件是萃取後的結果，濾掉了所有不合時宜的東西。

回信裡她曾評論我的近況：「自由工作者一點也不容易。」很難分辨那只是心疼擔憂，或也帶有指責，還是竟有可能也是一種肯定呢？我想說freelancer至少還有一個free，年輕時抗爭半天的東西，國家有了自己卻沒有。

信並不好寫，內容可能會被過濾，敏感詞跟關鍵字都不能提。經常寫失敗後揉掉。揉掉後，卻也備份在軟體中。

沒寄出去的失敗信，我都有備份起來。我點開一封。寫的是我在台北市疫情的心情，自己好像也被監禁從而比較能理解她信件裡所描述的一點心情。

區區疫情的煩悶與她的苦難，當然完全無法相比。只是，單單待在房裡，想像跟她更貼近的這個事實，便足以讓我漸少出門。而且，出門我就會浸淫在與她相關的記憶之中，例如街巷不時會撞見港式餐廳。

其實台灣哪裡最像香港？萬華區的社區感很像深水埗，淡海新市鎮有海景也是香港移民的熱中之處；最標誌性的還是配備長型電扶梯的百貨公司，有用中環來命名柱子的商辦，擁擠而昂貴，高聳而倨傲的信義區吧。

「下雨的時候，開放式手扶梯要怎麼辦？」以前去香港的時候我問過她。後來我只知道，再怎麼長的東西都能被折斷。

文件有好幾個日期備註在上面，包括我收發的日期、信紙上押著羅湖懲教所的印章日期，以及她親手寫下的日期。凡是印刻日期的物，都在壓著我對時間的力道低頭。

※

另一次，在明亮的光線中醒來，畫面停在標籤「#Okinawa」的區塊上。我們常到沖繩，甚至戲稱「回」沖繩，因為那是我們最初相遇的地方。每每到歷史遺跡走走，也會反覆造訪美軍基地外的抗爭帳棚。那些年，我們所結識的在地人，都不像大眾印象中的日本人那樣拘謹；就像群島的任何海邊都能浮潛，所見總是飽和的夕陽與白沙，沖繩人們也多有著慷慨而明亮的性格。

對軍事議題的瞭解，我總是比Eartha要淺，「手足們還是很想要在台灣當兵的！」我只知道國軍裡人權問題很多，常被她揶揄是奢侈的煩惱。

有一份筆記記錄了我們的行程，螢光標註了一家位於沖繩巷弄的居酒屋名稱。因為結帳時，老闆打聽我的國籍後，向我說了好多聲「謝謝」，說是震災有很多台灣來的捐款。我心裡想的卻是，我們才該感激沖繩，因為美軍基地對台灣有很實際的幫助。最後，只互相說出了「謝謝」這幾字而已。

當時不懂日文而用破碎的英文，傳遞不知道該如何傳遞的情緒。我想那就是多次去過沖繩卻總是不想懂日文的其中一個原因。現在卻不得不懂了一些。

我一邊關上房門，再走到記者對面那張沙發。

我沒有向記者提到太多有關Eartha的書信，或者沖繩旅行的細節。談到香港，我還是回到台北的記憶去說。離開前的最後一段日子，有群港人集結在行政院外忠孝東路那一側做了行動而被國際媒體報導；還有一次，我知道他們在港澳辦事處，隱身大樓之間而極難辨認的地方，在那樣破敗的景觀之中，人們卻直挺地站在那裡，好像他們永遠不會倒下。相形微弱的吶喊聲響，彷彿伴隨著不存在的催淚彈氣味。那時候，我聽不太見真實的聲音。所有我認識的聲音都不存在。手機摔落到地面，卻感覺不到任何物理的碰撞。不確定聽見了哪國語言，是中文還是廣東話。我找到一個小的樓梯出口躲回停車場；隨後是壓過一切的聲響，把許多記憶壓地扁平而與地面蟲子的屍體一樣。沒有出口盡頭，停車場是一個巨大箱子裝設著所有人的氣味。或許是本能，或許是運氣，我沒有太多感官層面以外的記憶，具體是幾天都數不清。那時候，我可能想起學校，從事社運抗爭的街頭記憶，也想起以前走訪沖繩的一個歷史洞穴，走進深處所有人把手電筒關掉，感受二戰時置身其中的恐懼與無助。現在，市府停車場是不是也算一個軍事遺跡了？從斜坡道再次出來，在那之後我才會來到這裡。

你的筆記本還能寫字嗎？我再寫幾個關鍵字好了，以免我忘記。逐字稿、日記、信件、獨立、民主、倡議、行動。難得我現在想起很多事情。其實在轟炸聲進入腦袋之後，我便不太相信我的原生記憶了，還比較相信以前那看來有一點陌生的筆記。這幾天，我讀了很多以前的筆記，有日記，有書信，有一些像是遊記的文章，也有一些會議紀錄。我沒有辦法將檔案給你，但我可以依照這幾個關鍵字說給你聽。你說的那句話確實存在，Sunflower Movement 時我們喊的口號叫做「自己國家自己救」，政治意義的口號隨著時代有不同版本，而且在不同政黨手上又可以有多種意思上的變化，這些詞句到了某個時候都可能被另一群人當成玩笑，因為口號的挪用很容易。當然許多人們愛著土地，不只是所謂行動主義者，在我最懷念的時有些工程師上班族也會參與像是公民科技的環境專案。年輕人很有意識地想要保護自己，但有時候就是太過保護了。如果我們不信任周遭的人，卻又沒辦法反駁我們是同一個群體，那是比孤單一人還要更難受的事情，難以解釋。如果被國家暴力以外的暴力所反撲，到底其實又重新讓我們更加團結，那我們要去感謝一個外在的壓迫或者機遇性的傷痕嗎？你可能會想，我們是第一個通過同性婚姻的亞洲國家，數位科技的發展、媒體自由也領先許多地方，回想起來是一個特別好的時期，如果說年輕人只是妥協而進去政府工作，那並不盡然。對我們來說，民主並不容易，經歷了很長時間的戒嚴，許多不正義的事情還未被釐清平反，不過台北的獨裁者紀念堂竟然是被波及才倒下，真想親耳聽見那一聲響，肯定跟其他被打到的建築不一樣。當然像你問到的，行動主義者，我們會把參加社會運動簡稱為「上街」，只是街頭以前對我們只意味著和平抗爭，後來變成真正的戰鬥。直到現在，我還是覺得，有些東西，被炸毀之後就回不來，就算我們背後的世界以另一種方式回歸，那是崩塌還是前進，或是一種歷史尺度之下的循環再生，一種更新或轉型嗎？

抱歉，你想知道的是這些事情嗎？或許，我還是太在意從前的人事物，畢竟戰火來襲前那一年，鋪天蓋地都是對我們的指責。但我想要記得的是人們曾經有種不由分說的信任，有多愁善感的空間，即使尷尬也還能共處的日子。人們說「我們這些行動主義者們」霸佔著歷史事件的詮釋，卻沒有負起相應的責任。這就是為什麼，我有許多認識的朋友再次上街。

我沒有。或許我坐實了那些指責。我不再上街，我是那從頭到尾，都只在多愁善感的人。不管到了哪裡，我都想要被視為「我們」，事後卻總為了這種集體結盟的需求，個人內心付出無法承受的代價。這些說真的，都不重要了。如果不是回看筆記，許多言語我都要忘記了，像是歷史上最黑暗的一天，睡一覺起來台灣就不一樣，你們會老我們會大，站出來拆政府，出來投就會贏，美好的一仗已經打過，還有很多更新的版本更不可能留在我腦袋裡。我無法想像我們能夠再一次揮霍那些符號，舒服而輕佻地使用那些詞彙。不過，也正是在我們誤以為自己立足於重要歷史時刻，收到你們從獨立廣場錄製加油打氣的影片，實在很感謝你們的心意與行動。說來慚愧，是到俄羅斯入侵後才對你們的世界有更多理解。也所以在那年連假，我們等待一蘭拉麵的叫號，看著長型的電扶梯在信義區百貨大樓，我才想像著廢墟是什麼。那時候，我們真的都還不覺得台灣會發生戰爭。

「But you......」

「We are not.」

筆記頁上畫了一個螺旋狀，那是島嶼白沙與貝殼，被湛藍的海浪濤進去總是高掛的日頭下方。我因為刺痛而閉上眼，再睜開，記者就不見了。

他與他的筆記本都不見了。黑白背景的介面融化在一起。我掩住雙耳，試圖從喉嚨發出聲音，一股沒有聽覺的高壓亂竄在體內，神經向外迸發，我再度因為刺痛而閉上眼。到再次張開眼睛的時候，已經沒有時間也沒有距離，而是回到了那裡。隱約聽見沙礫受風揚起而迴盪的稀疏聲音。聞見海島的氣味，潮濕與鹽巴在皮膚上。手掌鬆開。

一陣一陣悶聲從海底裡面傳上來，很像跨年時為了拍101大樓而爬到郊山上會遙遙聽到的煙火聲那樣，並不危險，很規律，又像夜晚的低音鼓，混著酒氣的人們會找到一種節奏。而我在浪面，聽到更多的是表面的水聲，所以低頻如霧氣背景，只是從下方緩緩蒸上，並不可怕。上岸的時候，沙石黏著腳底帶有一點癢癢的刺感，全身倒在溫熱的地面我更清楚聽見低音鼓的節奏。陽光在哪裡都是一樣，在立法院醒來透進天花板顯得微弱，在陋室房東裝設的窗簾遮不住每每把我喚醒，百貨成了廢墟之後藍天擁有更多的視野，有一隻小貓鑽過了倒地的餐廳招牌。在這溫暖的海灘上我以柔軟的毛巾半掩著眼，這麼美好的太陽從來沒有存在過。細沙從毛巾鑽入眼球，無論是催淚彈還是老人家台語的吶喊，陽光在哪裡都是一樣的，海水也是一樣的。我手裡有一份寫著「向日葵」的筆記，貼上寫著「#self_determination」的標籤。Eartha走到我面前，我問她為什麼，你怎麼會在這裡，她只是笑笑說：「我都唔知道」。

三、島嶼

「好熱，沒有離開台灣的感覺。」津鳳在日式玄關絆了一下，把夾腳拖踩到的長裙扯上來，「總覺得台灣人在這個地方有點奇怪。」

悅悅隨後也彎腰把鞋穿上，「不會吧，很多台灣人都會來這邊度假。」起身時拍了拍淺綠的短褲。

悅悅見津鳳遲疑著，便先小步上前，在窄小的迴廊越過了她，拉開木造的門，示意先出去再說。

津鳳於是也向前一步。悅悅注意到她長裙的下襬是米白色，因為被踩住而略顯污漬。

兩個人身高都不到一米六，又都瘦小，平行卡在門口，左右兩側還是有點寬鬆；如果不是一個習慣穿長裙，一個習慣穿短褲，正面看過去可能容易讓人搞錯。

不過，真要說的話，津鳳的頭髮比悅悅再短一些。真要區分的話，津鳳屬於耳邊留得比較俐落，為了凸顯左耳的耳洞，兩側稍有不對稱而會被髮型師說成是「俏麗而帶有一點率性」的髮型。悅悅的旁側瀏海，則都細細長長地蓋過了耳朵，像是某些品種的狗有長毛的垂耳，流了汗會像安全帽遮蓋住頭。另外，悅悅也比津鳳豐腴一些。

「我們先走嗎？」津鳳往門外兩側看，又往屋內一瞥，「他們還在聊。」兩人這才一起走出民宿的大門。

兩人被安排住到這間民宿，客廳有口音迴異但能用台語交談的長輩，雖然語言能通很安心，但預期說話內容可能被聽懂，津鳳跟悅悅不是很自在，便在晚餐後出去散步。

明天要做正式的交流，她們得為這件事做準備。

這一切的開始，是社團信箱在兩個月前收到一封台派長輩的邀請，信件裡說是沖繩群島有跟戰爭歷史主題相關的活動，因為活動方發現台灣的學生運動開始談中國因素，這跟他們理念契合，故想邀請台灣學生來當地對談交流。

津鳳從大一就在社團裡，大二已是負責聯外的幹部，收到這個消息，她問了身邊的學長姊。

學長姊的態度卻有些保留。當時台灣的學運串連以及環保、性別等各種議題都需要社團支援，資深的幹部們已經紛紛編入分工。何況，套用社團學長的話，認為這個「交流的定位不明確，還得部分自費。」一時任秋鬥學生線的總召及當時的社長，見津鳳接到這消息的興奮，他神情猶疑，只對她說：「你去也是沒關係啦。」

津鳳馬上就去問悅悅。那時候，悅悅也是大二，但較晚加入社團。

她們兩個就這樣一起去了沖繩。出發前一同規畫行程，滿懷著的不是交流的熱忱，而是出國旅遊的興奮。那時候，還不知道這趟交流會如何一波三折

不過，直到最後一晚，她們將離開邀請單位所安排的住所，轉去上下鋪的青年旅館，到那時候才真正感到輕鬆。

最後一晚，兩人為彼此壯膽，同去了全裸的公共浴場。

還以為日劇裡面經常上演的公共澡堂，在沖繩也會隨處可見，結果卻是少得可憐，查了交通，好不容易才找到澡堂。「原來沖繩沒有這種文化啊。」

進到置物間就要馬上脫衣服，錯愕但在預料之內，總之把衣服脫掉就好，動作越是拖拖拉拉就越引人注目。

拉開澡堂大門，濕熱霧氣迎面。兩人拉了板凳相依，兩個蓮蓬頭沖下熱水，用唇語跟眼神交換訊息。

津鳳把洗髮乳的試用包留了一半給悅悅，悅悅把潤髮乳的試用包留了一半給津鳳。短髮很夠。

「你也是會用手去抹瓶身上流出殘液的那種人嗎？」

「對。」

「他們不敢相信我們沒有出過國。」

「小時候同學的媽媽也不相信我沒學過鋼琴。」

中文講得很小聲，擔心成為讓人反感的觀光客。事後，她們都覺得全裸泡大眾湯並沒有想像中害羞，回到台灣後，津鳳念念不忘這種全然平等的環境。那個時候，好像也有些什麼被看得更加清晰。

※

最後一晚之所以能夠輕鬆，在於她們被邀請的單位「丟包」。

出發前幾天，社團又收到一封信，是來自日本的留學生、比社團學長更大的大學長的信件，其中一位立刻加了津鳳和悅悅的臉書，很快通上話。大學長提醒他們注意「那櫻花頻道的交流活動，必須謹慎」。

原來極右派的櫻花頻道，見到台灣爆發旺旺中時的抗議事件，學運引發的「反中」思潮，便透過幾度人脈，沿線找到一名台灣人去邀請台灣學生。照他們推想，櫻花或許是故意避開了台大、菁英學生的圈子，怕會跟台日雙邊的節點連上，從而發現在沖繩當地，以各種歷史文化等軟性字面名稱，實則是要利用並製造可供他們所用的仇中情緒，掩蓋所有美軍基地對沖繩本土的傷害。

櫻花自然不知道，台灣學生還在乎著其他運動裡的價值。只是旁敲側擊，想說邀到幾個具有台灣身分、又有參加中國因素相關抗爭的學生來「試試水溫」。這是大學長和她們互換情報後所得出來的結論。

當大學長得知兩人的日語能力低落，擔憂當時台灣已逐漸成氣候的「反媒體壟斷」學運會遭受利用，便直接訂了從東京到那霸的機票，自費替她們做翻譯。

津鳳和悅悅慶幸，「這真是搞運動的人才會有的熱血舉動耶。」否則若是讓櫻花安排的人馬翻譯，恐怕或多或少會偏離原意吧。

台灣學運盛行的時候，大學異議性社團之間有諸多交流活動。海外留學生即使不在島內，也早就維持關注，甚至挹注資源。抱持這股熱忱，大學長向當時在本州的企業請假，往南飛向支援懵懂的學妹們，只為了不讓語言劣勢，使交流受訪的內容受到扭曲。「普天間基地爭議很大，未來要搬遷到邊野古，這爭議都不容易消除。總之，這題很複雜，你們不要輕易順著別人的勢，即使他們宣稱支持台灣。」

事關重大，上飛機前，津鳳和悅悅都乖乖補課，重新認識沖繩的歷史。分工方面，津鳳負責報告反媒體壟斷訴求，以及台灣學運的現況，「而且要特別強調，不是只有中國因素，還有資本因素。」悅悅負責另外一個被指定交流的題目，竟是要談談對沖繩的看法。於是，她帶上《沖繩札記》。

碉堡般的美術館。這是她們對交流場合的第一印象。

因為緊張，出入這棟建築時身體很僵硬，其他美術與收藏品有關的東西都沒了記憶。只不斷想著待會要說什麼。櫻花的西裝大叔主持整場簡報跟提問環節，雖不情願也讓臨時加入的大學長擔任即席口譯。津鳳的部分，順利報告完，沒有引起任何提問，這讓她們覺得有點驚訝，還以為他們會對台灣的學生運動有興趣。

悅悅的部分，出於她與津鳳事前討論的倫理課題，覺得還是從台灣自身的經驗出發，盡量引用書裡的話，談談哪些部分有共鳴，別直接對在地議題做主張會比較好。講台上，拿起麥克風，悅悅說，因為漢人對原住民族的迫害，以及核廢料丟在蘭嶼的歷史不正義，她能夠去同理《沖繩札記》寫到的一些心情，像是「何謂日本人？能不能把自己變成不是那樣的日本人的日本人？」

最後問答時，悅悅將書裡的這句話讀出來。

現場原本，只是稍嫌不耐的鼻息，取而代之的，竟成為夾帶憤怒的呼吸。

大學長在翻譯這句話的時候，每一字一句從麥克風說出來的時間，無限延長。是的，悅悅知道極右派與大江健三郎的官司。但夾帶憤怒的呼吸還是遠遠超出了想像。因為處於絕對的靜默，而能夠清楚感受到呼吸中的憤恨成分。

打破沉默的是一個老人，講台下，他站起身來，「你們被中國利用了」。四周響起附和的聲音。

那不能算是提問了。那就是最後。碉堡。我們該離開了。

最緊張的是大學長。他特地從東京飛到沖繩來協助翻譯，聽得懂所有內容也讀得出潛台詞，「以日本人的表達來說，這算是非常嚴厲的叫罵了。」

櫻花西裝大叔顧著安撫台下老人。三個台灣人因此解脫。走出那碉堡般的建築，大叔沒有向她們說話，而是向她們的「翻譯先生」說：「接下來的行程，請你們自行處理吧。」就逕自搭車離開。

大學長又再次告訴她們，若以日本人的禮儀跟處理風格而言，「基本上他們就是把你們兩個『丟包』了。」臉上靦腆的微笑竟帶有一點稱許之意。

「我們又不是沒被丟包過。」大叔的車駛離。逃離監視視線的津鳳這才展露笑容，背對著碉堡，藍天白雲還是非常炎熱。

※

陽光還會持續好一陣子。大學長於是帶著津鳳和悅悅，包了一台在地旅遊用的觀光計程車「都來了，要不要去看看另一方的聲音？」

「當然要！」

車上，三人語速加快，輕快地用中文聊起天來，問起大學長如何去東京工作，日本有沒有社會運動。車窗大開，涼風順流而過。

大學長粗厚的眉毛展開向上，將擦汗的手帕收起來。他說來到日本後，很少會遇到這麼張力的對話。

兩個女生目不轉睛盯著外面的風光，好像直到現在才出了國，連連感激說幸好有學長在，拆了交流的未爆彈，還附贈了這趟「平衡報導」之旅。

海，好乾淨。從市區到邊野古，有一段路程，太陽像是很久後才會下山。他們又聊起各校社團發展如何？哪些議題有哪些社團在做？「你們剛剛說有被丟包過，是在什麼場子？」

「悅悅去年還沒加入社團，但她很衝，自己去文林苑那邊。我是在苑裡反瘋車，你知道台灣現在的風力發電嗎？其實我們不是反對風力發電，但是現在有很多問題。苗栗真的是苗栗國，我們還被上手銬耶，很新鮮。」

「哇，真好，我們那時候還沒有這種機會。王家那邊也很粗暴吧？我有看臉書上很多照片，說不定有看過悅悅。」

悅悅靦腆笑說：「還好，人滿多，警備車不夠，我是被公車載走的。那時候我還沒跟社團。現場說要穿插一些比較小隻的人在門口的時候，我就自願綁上鐵鍊啦。」說出鐵鍊二字時，仍覺得有點不好意思。

「哇，好懷念喔，油壓剪吼。」

「對，學長也很有經驗。」

「當然啦，被抬的時候身體要放輕鬆。」大學長兩手舉起作勢被警察抬走時的癱軟狀。三人對視笑了出來。

悅悅繼續說：「同一條鐵鍊的都被丟上同一台公車，綁在我旁邊都是一些嬉皮風格的，講話有廣東腔的潮男潮女，也不知道是不是學生。重點是，公車窗戶很透明，警察不敢做什麼。其實，我們還直接在公車上抽菸。」

「幹，超屌的。」

總算卸下日本式禮儀，大學長現出原形，開始像是個普通的台灣學長那樣講話了。

他穿著素色上衣，和兩個穿著紅色上衣的學妹呈現對比。津鳳上衣的正面寫著大大的「春」字，背後是樂生保留運動；悅悅是怪手，「農村出代誌」。

「你很暴民耶。」津鳳輕輕拍了一下前座大學長的椅背。

「不然怎麼會衝過來。哎，很懷念啦。」

窗外開始出現零零散散的帳篷，比想像中還要陽春，靜坐在帳篷內外的幾乎都是老人，這一點跟碉堡裡面一樣，只是他們的意識形態該是極端不同。

這真的是一個對於軍事基地的抗爭基地嗎？她們都有點詫異，但沒有說出口。邊野古的老人家們穿著汗衫，手提飲用水，看起來也是懂得鐵鍊與油壓剪、懂得被抬時要放輕鬆的人。

三個人到長型帳篷裡看著手寫手畫的標語跟海洋生物畫，連連說，這才是適合他們的「場子」啊。

地板，手繪海報，零食跟水傳遞在人們之間；而不是去神社參拜後在烈日下聽訓，又去美術館在冷空氣裡肅穆座談。她們拿了貼紙。大學長說貼紙上的動物是「儒艮」，是當地重要生物，用生態保留的名義來阻止普天間基地遷移到這邊。

她們又從帳篷往外向更遠的海邊看，說：「划船出去抗爭真是太哈扣了。」

在熱情的人們慫恿之下，津鳳和悅悅被教導香蕉船的操作。大嬸跟大叔一條船，兩個台灣女生一條船，在邊野古的淺海，他們揣摩著出海阻擋施工的「隊形」。兩船平行，船槳做軸心，凝聚成方形的陣勢。

大學長說他就不下水了，替她們在岸上拍照，也幫忙指揮。當他說出指揮這個詞，想著的是不知道現在的學弟妹還會不會使用「總指揮」這樣的稱號。

香蕉船只離岸滑出一點點，水深到小腿，很快地兩個紅色上衣的女生就在海上玩起水來。「沒想到連要蓋基地的地方，都有這麼清澈的海。」起初小心翼翼不讓衣服沾到水，後來互潑就全弄濕了。秋天的沖繩海邊還不冷。

津鳳身上那件「春」泡了海水之後變得很沉重。悅悅盯著那變成深酒紅色的布料壓在她無肉的胸口。她想著，在學校和街頭，兩人經常被混淆、搞錯誰是誰，但她們之間長得也有許多不同吧。

「你太瘦了，待會多吃一點燒肉。」

「學長不是明天就要走了嗎？我們晚上要請他吃飯才行。」
「對，我們要偷偷結帳。」
「然後我們要去找公共澡堂，體驗看看。」
「真要謝謝櫻花的西裝大叔吼。」
「要謝謝大學長啦。」
「也謝謝你當初找我。」
「我有什麼好謝的。」津鳳對悅悅潑了兩手掌掬起的水，怪手的上衣便也沉甸甸貼在悅悅的略微凸出的肚腹上。她們背後有毫無遮蔽的海跟天空。
上岸後，她們答謝邊野古基地教他們划船的人，拍了合照，象徵地喊了幾次口號。「我們再把握時間多看看吧！」大學長喊著她們上車。邊野古的靜坐者們鼓勵三位去拜訪其他的去處，戰爭的遺跡。
在《沖繩札記》上讀到深沉的愧疚之情，要到遺跡前才能稍懂一二。

紀念碑旁的大樹吊綁著一隻死去的烏鴉。地方的人說，這是為了趕走其他烏鴉。可是，烏鴉不是吉祥的象徵嗎？

集體自決的「自決」二字。

問號沒有浮在表面上，而是埋在心底，往後還要埋下更多的疑問。不過，這可是她們第一次出國，新奇的感受，淡化了問號的痕跡。

※

悅悅在不久的後來，她會說，這一切都像是越級打怪。

她是轉系生，大二才轉到社會系。如果不是因為津鳳，她不會加入社團，她只是一個人混進台北街頭這個容得下任何奇特孤僻之人的一個又一個例外場所。修社會系的課時，津鳳主動向她攀談，她想津鳳可能也不是班上受歡迎的人。但她自己也不是。那不就太好了嗎。

那幾年，台灣從鄉村到都市，土地徵收、都市更新和農田等迫遷及強拆事件頻傳。在南部生長的悅悅，那個只在上學公車的窗戶遠遠看著中央公園站有年輕人靜坐的悅悅，先是被這些張力的場景吸引。她沒有忘記國中一年級的時候，在雅虎「反髮禁家族」上素昧平生的網友將文宣報紙寄到她家，她小心地在一大早分派到不同教室的師長桌上。當時究竟為什麼那麼抗拒髮禁呢？已經不記得了，反叛的心是怎麼萌芽，有線索但沒有一個形而上思辨後的理由。

家族的人都說她「到台北念書」，但台北大學並不在台北。她與家族的人們疏離，就跟津鳳一樣。即使打工與學貸是辛苦之事，都比那不願回首的南部透天厝記憶還要更加明亮。大一，她到處觀察，讀了一點法規跟反抗的文本，像是培養興趣那般地決定要多認識社會運動。

大二，參與社團，像是某種祕密而正式的手續，才能「被算進」這個圈子。

這個圈子經常辦培訓，辦活動，辦營隊。悅悅開始認識更多的人，不同學校的人，不同組織的人，書籤裡放了許多部落格，臉書好友數一下子增加不少。

要說有什麼不適應的地方，那就是每當悅悅看見一些人，在部落格或臉書上轉貼海內外重大社會抗爭的新聞，提及某些現在式或過去式的議題，再加上幾個特定概念詞彙，最怪的是還會搭配上個人生活照或風景照，註解加上一些文字表達無力與悲憤等心情的時候，她會感到奇怪，這個圈子的人就是這樣嗎？還是後來才變成這樣的人？

往後再多想過，想那是傳播議題的有效策略，是個人反應的真誠表現，還是藉由悲壯重大的事件來提升情感層次，好讓個人情緒不顯得可笑而能夠有正當性地獲取同情呢？這樣的心情，是累積了許久才化成言語，跟津鳳訴說。

津鳳最一開始聽她說這些心情，點頭贊同，瀟灑回說：「你就不要一直看他們的臉書啦。」可是，對悅悅而言，最劇烈的衝擊還不是在社群媒體跟網路通訊上面所感受到，而是在紀錄片影展結束後一個抽菸的角落，在一群沒有特別相約卻都聚在那裡的人們說話時，所感受到的。

野百合一代人的說法是以前他們一定會讀《資本論》一定會開一堆讀書會一定會辦刊物辦報紙。但是，津鳳和悅悅所在的這個世代，大家已經沒那麼愛讀書，影像倒是強勢崛起。運動者，或者潛在的運動者，若要廣泛瞭解各地社會運動議題、瞭解運動的來龍去脈或只是要揣摩抗爭者的心理狀態，非要做點功課，那就是紀錄片與映後座談。這幾乎可以算是一種「社團」的標配了，例如說對於日本，大家都會去看三里塚的紀錄片。

那抽菸的角落，眾人的菸蒂丟落到一個裝著污水的大桶子裡，當悅悅身邊圍繞著幾個並不真的熟識的社運圈朋友，其中一個，對她傾吐剛看了某一紀錄片以後的心情，說著他看了哭得多深刻、胸悶多窒息。她知道這些後來也成為他們部落格與社群動態的一部分。而她也感覺到，他們其實期望悅悅可以相應表現出這些情感反應，甚至要她繳交承諾書般的壓力。她會有一種左右耳聽到不同聲音所導致的不平衡感。彷彿有一隻耳朵，聽到的並不是他們口中正在說出的話，而是聽到另外一些如口號般的控訴。那會讓她感覺，像是回到他們偶爾在抗議後就近在台北市區大學的社辦，在破爛的課桌椅之間有著啤酒跟作廢的新聞稿紙本，跟身旁這菸蒂桶子有類似的美學風味。

另外一隻耳朵聽到的是「你沒有這些情感，便是不夠懂議題；沒有哭是不夠有同理心；我們向你掏社運創傷，你是不是受太多運動好處而無法跟上這些話題。」她有少數的時刻會覺得一些批評社運本質的話，一些對於「運動者」的刻板印象，也就是會認為一個人若是生活裡有什麼樣的喜怒哀樂，那麼都很適合去搞社運。搞社運以後，據此去要求其他人把他們的喜怒哀樂也變成運動的一部分，從而得以抗爭不斷、生生不息、永續經營。

早她一點踏入圈子的津鳳對此了然。只向悅悅說：「但是，也有不是那樣的人。你要注意看，看起來跟我們很不一樣的人，說不定是跟我們最像的，才是我們真正的朋友喔。」那時候悅悅覺得津鳳只是善良。

那一趟回台前，最後在國際通採買，摩肩擦踵著觀光客有不少人說中文。遇到飛機駛過時，悅悅喃喃自語「這是他們一直在講的歐斯普累嗎？」

歐斯普類，B52，曾經墜落造成過死傷，是沖繩人常提及的事件。

離開群島前的最後，津鳳繼續喃喃自語，「這些飛機，有一天會飛到台灣嗎？」

她們吐出很長的一口煙霧。煙霧就一直沒有離開那霸，沒有離開沖繩群島，沒有離開她們的校園，也沒有離開社會運動。

關於那些發生過的事情，將要發生的事情，我們能夠選擇嗎？這些問題，對我們來說，是不是越級打怪？

※

三年後，她已經是一名學姊。

二〇一六年，就像是一個週期。再次來到沖繩。學弟妹之出現，學姊之變成。

相較於三年前，這次能夠理直氣壯說出他們是要去參加「平和的海」營隊。

高江。嘉手納。普天間。邊野古。除了美軍基地之外，沖繩群島其實還有很多課題。戰爭的影響是全面性的，要從歷史的認識開始。出發以前，學姊就帶著社團的學弟妹加減認識一些。三年前在美術館被砲轟，三年前的划船喊口號，希望這些都不是沒有用的經驗。

如今邊野古基地抗議來到四五六一日。

這年，營隊選擇移師另一個小島。主辦方希望眾人可以看看沖繩這塊土地從歷史至今，受到犧牲的整體樣貌，安排了實地參訪，以及在當地公民館內舉辦的角嶼交流會。數日的營隊，三十多人住在同一個地方，都是帶著海的故事的人們。

住的地方既不是民宿，也不是旅館，而是一間學校。成員來自世界各地的海島，以及喜歡海島、關注生態與和平運動的人們。放眼望去，成員二十歲到五十歲都有，對於簡陋的起居處所不覺辛苦，通鋪裡氣氛平靜，走廊外與樓梯的轉角處三兩人結成小群愜意聊天，因為各有不同的母語而經常需要以肢體示意，用笑容填補許多語言空缺的時刻。

在學校裡，學姊就注意到一個人。但要到晚會的海邊，她才會上前攀談。

事後回想的話，晚會的海邊，一定是學姊最深刻的營隊時光。那晚，在學校裡所有人吃完大鍋飯以後，就要移動去海邊了。

外面是平整的柏油，照明的燈不多，幾步之後有一點風，依稀聽得見風從海浪傳來的聲音，暗壓壓地有一種澄澈寬闊的質地。

人們都穿著一樣圖案的黑色上衣，圓圈裡面卜字多一條樹枝的符號，符號旁環繞著花木、波浪與海豚，是今年營隊派發的。

學姊三年前便在沖繩買過，同高江基地抗議帳篷所買的衣服，只是三年前是白色的。

風裡有黏膩的氣味。學姊覺得這個味道有點熟悉，也許所有來到營隊的成員都對這個味道感到熟悉。

月光透過樹影，浩浩蕩蕩三十餘人拉長了隊伍。走著，漸漸能看見前方大片的灰藍色，聽見浪聲，再幾棵樹的距離就能看見有人以木材升起營火，映出把毛巾掛在肩上或綁腰上的工作人員身影，以及海灘上搭起的樂器陣仗。

快到了。三味線的撥彈聲跟著暖膩的海風微微地迎面吹上路來。

眾人的腳步因此輕快了一點。

※

事後回想的話，晚會之前，公民館的交流活動，對承楷而言，才是最深刻的營隊時光。

因為是需要簡報跟大量言談的場合，營隊固然有準備各語言的翻譯，但都是業餘的，故要求每個語言群體也派出一人，協助該島嶼代表報告時的翻譯工作，畢竟原本同語的人該是會比較清楚如何翻譯自己人的內容。當初就有說至少翻成日文，因為日文容易在現場再轉成其他語言。

敏敏的五官深邃，長髮修飾著原本就小而圓的臉，這時候她要把直長髮綁成馬尾，因為翻譯是辛苦的工作。敏敏學過日文，英文也比學姊和承楷要好，她可以做日文的翻譯，必要時用英文再即時補充，其他就湊合著聽，看看怎麼樣用語言或語言外的方法傳達意思。

烈日午後，公民館的室內陳設就像校園大禮堂，只是比台灣乾淨且簡約。桌子可搬動重組，木頭色講台有離地的高度。左右牆面皆開大窗，讓人回想小時候這種空間的打掃總是作為一種懲罰。後面一整排摺疊鐵椅，讓人回想小時候在典禮結束後都要把自己的椅子疊上去。

相比於其他島嶼，台灣沒有反基地運動，主題由營隊方提議，「我們一直關注核子能的問題。核四廠如果發生意外，這裡也會被波及呢！」

最後是承楷負責在這個環節報告。

三年前，學姊只是簡單地將核廢料作為比喻，承楷三年後的介紹更加全面，反核運動發展，核能工業體系，政治民主化後的影響，以及蘭嶼受騙而被迫接收核廢料等故事，呼應福島核災後的「犧牲體系」話題。

簡報有一頁小結，那是很難解釋的一句，加上框框，備上了日文、韓文和英文翻譯：「因為我們沒有一個被承認的名字，我們很難拋出『何謂台灣人？能不能把自己變成不是那樣的台灣人的台灣人？』這種反省。」這當然是三年前對此句念念不忘的學姊所加上的。

框框裡的話，只要關注沖繩議題的人都會聽過。三年前，立場完全不同的老人家所丟出的那句「被中國利用」的怒稱還言猶在耳。只是，現在台下有來自本地、濟州島、夏威夷群島及菲律賓群島等營隊成員，但他們會在聊議題拋出「是否考慮循聯合國管道向國內政府施壓」而完全忘記台灣沒有加入。

花時間去談什麼是台灣人，就會擠壓掉所有其他內容。營隊處境，這題像平行線卻繞不過。學姊經歷過這種場合，所以她讓承楷和敏敏各自去負責報告與翻譯。她想著，學弟妹會因此有所成長。

陽光的角度緩緩斜下拉長。

室內開再怎麼大片的窗戶，熱氣吹進來仍讓這營隊的三十餘人感到吃力且耗竭。日本語的淺藍色貼布與小扇子被輪番使用著。

公民館座談尾聲，三十人都上講台準備大合照，並一起喊口號。

濟州島的夥伴非常熟稔。他們的人數僅次於沖繩群島及日本人。

負責翻譯的敏敏匆忙拿起紙筆，確認著口號是哪些字詞。

日文的口號很容易翻成中文，字面上長得像，聽起來也很類似。所以喊出時若有什麼異狀也會很明顯。

日文一次，韓文一次，英文一次，中文一次。

每句口號都是配對成雙的，這種節奏，什麼語言都一樣。不懂日文的學姊還是能聽得出來，上句是「環境」、「民主」等等可以歸類成「我們所期盼的事物」，下句則是捍衛、保護其重要性的「動作」來示意決心。轉成中文的口號，敏敏原本都翻譯得很順利，三人也都喊得很順。

直到最後一句：

「美——軍——基——地——」

「反——對——反——對——」

日文的「反對反對」短促有力，中文念法也很相似。中文的「反對反對」卻非常小聲，幾乎沒被喊出來。從而，放大了其餘二十多人的同樣安靜。

如果聽得更仔細一點，第一個「反對」依稀還有被喊出，接著就遲疑心虛般地無法將第二個「反對」聲音喊到最後。

喊完口號就是拿布條拍照，三十多人一起下台。負責翻譯的敏敏被攔下詢問，那詢問之中似乎並沒有敵意，只是純粹的好奇：「為什麼後面的『反對』不見了呢？」正準備鬆開馬尾上髮圈的敏敏停下手來，臨機應變，以日文解釋道：「因為中文不太習慣把動詞放在後面。」

人們勤快地收拾摺疊椅。風突然涼了一些，走出公民館時有陣雨落下，人們吆喝，涼快正好。走到民宿的時候，悶熱一掃而空，雨已經停住。

※

「學姊，你們之前也是這樣嗎？」從台灣出發以前，到飛機上，到營隊進行中，敏敏跟承楷經常問出這一個問題。

三年前，「反對反對」還沒有那麼尷尬。學姊這樣想，但沒有說。

在邊野古拍下合照的時候，造訪高江帳篷的時候，跟堅決守在抗議區的人們一起喊口號，振奮彼此，熱絡地分享在台灣抗爭時人們開過的卡車，基地時人們划過的香蕉船，彼此埋鍋造飯時吃的東西，靜坐時唱的歌曲，還有那些即使不完全瞭解彼此的語言，也能夠感受到集體氣勢的口號。

那時候，彼此大喊著反對，還沒有一絲遲疑。她還寫下台灣當時流行的口號「反迫遷」、「要孩子不要核子」、「你好大，我好怕」及「今天拆大埔，明天拆政府」等等，接著再請大學長去翻譯台灣當時正在盛行的議題脈絡。日語者能夠從漢字去感覺標語的意味。

今天的反對，為什麼會遲疑呢？這個問題，如今仍然是越級打怪嗎？

島嶼的命運綿延漫長，看不見什麼改變的曙光，強調自然與生態共在的人們彷彿就是時間與改變本身，時間與改變在另一個維度上又往復循環。

笑容可以填補差異的空缺嗎？人與人之間在一起密集生活數天，充實的喜悅可以穿透大的命運，而使島嶼命運的空缺，不至於使個人感到心虛匱乏嗎？如果夜裡這樣的凝聚是有意義的，學姊想著。晚會上幾張熟悉的面孔，哼著八重山的歌謠。營隊主辦方、負責統籌活動的是一間書店的店長，五十歲左右，有大家長的威望，喊話會帶有一點吃力而更顯熱情的氣魄。

下午先是公民館的島嶼狀況交流活動，晚上才是海灘的營火晚會。

圍繞營火，三人的思緒不斷回到下午公民館的交流會。沒有被喊完整的口號，像是移不開心頭的營火，圍繞在三人的腦海中。

※

「竟然沒有開冷氣，不愧是關注生態的營隊嗎？」午後，進入場館的時候，承楷壓低聲量以中文問。他的雙頰紅潤，連連擦汗，「好想快轉到晚會。」

「入境隨俗吧。」學姊拍了拍承楷的肩膀，敏敏在一旁比出加油的手勢，沒有明顯的表情。敏敏經常想把長髮放下，此時綁起馬尾，想著要不是承楷的外語能力不足，敏敏寧可她自己上去報告。因為，幾天下來，光是閒談之中幫忙翻譯的破碎內容，就超乎她想像的辛苦。

台灣是最後一個簡報。這個時候，承楷的背部已經濕濡，相比於其他人的同樣款式黑上衣，他的已經透明。上台前的等待席，就是橫擺舞台下方的其中兩張鐵椅，和其中一張金屬製且帶有碰撞痕跡的可摺疊長桌。

有一個分心的時刻，敏敏從側邊看著他，即使抹著汗，承楷也是慢條斯理而不顯得狼狽，他偶爾會被認為是細膩的圈內人。但是多聊幾句，旁人會說他的「幹話感」仍像標準直男。「異男裡面也有很多異質性啊。」他會這樣說。

抬頭望向講台的時候，承楷對敏敏說：「公民館這三個字，有一種『公民社會』的感覺耶。」

「漢字的錯覺。」敏敏正聚精會神地確認承楷手中的講稿，確認翻譯的重點。承楷卻刻意要打斷這些準備工作，故作閒聊般，繼續說：「我們之前看那些紀錄片，他們學運組織叫『全共鬥』、口號叫『空港粉碎』都很有氣勢。是漢字強化那個語感嗎？還是其實我們太溫良恭儉讓啊？」

「你們鴿派也喜歡這種左左的口號嗎？」學姊突然插進這個話題回應，中文反正也只有三個人在說。

承楷白了她一眼。這種梗說新不新，說舊不舊。符號還在漫天飛舞。

另一些符號漫天飛舞在講台上。報告人開始播放影片，陌生的語言，以圖像做共通的理解，有許多海豚、鯨魚跟手繪的大海意象線條。

「但他們以前的學運抗爭好像真的滿可怕的。」承楷的語氣不受海豚悠游的風格軟化，繼續著話題，「大家都在說軍事的後果很可怕，可是這邊談的去軍事化，就不可怕嗎？如果訴求要打破國家的框架，那搞運動的人算是什麼樣的存在啊？運動裡的內鬥，好像有時候還比外面可怕。」

敏敏小聲回道：「是不是都這樣。」待會她就要一起上台了。

承楷的幹話裡面可能藏有什麼想要深談的事情，不過，當時學姊沒有聽出來。學姊在營隊裡想很多事情。包括營隊結束後，三人將會回到那霸多待一天，該帶他們去哪裡。

敏敏和承楷在出發前，擁有著三年前學姊那樣的期盼感。大家考上這所學校都有些類似的處境。學校在台北，但並不靠近市中心，國立大學卻又不是頂尖。不上不下，對於議題設定以及資源爭取的策略，也會有所影響。出發前的社課大家還開玩笑說過「鄉下的大學挺鄉下的社運」這樣的話。

想到這裡的時候，台上的海豚已經在倒數第二張簡報。就要換承楷上場了。他們又把握空檔閒談幾句。

「雖然討論有點發散，但又覺得這些人很美好。」敏敏跟營隊裡的外國人有最多的對話交流，較能快速消化各島嶼間的差異，所以她很快就瞭解到學姊先前為了說服他們參加時所說，平和的海營隊裡那種「人們的心異常貼近」的感覺。大家以平常的數倍力氣在傳達，努力地溝通，更感覺得到彼此的互動前提是善意。

不過，實在太累了。她說出「很美好」的時候臉上的表情還是相對平靜。事後回想的話，無論是公民館的交流，還是海邊的晚會，都還不是敏敏印象最深刻的營隊時光。

※

白天的日照能量還殘留在腳下，風也略顯過暖。

營火搭好時海浪的聲音已經拍平了疙瘩。人們來到沙灘上，能夠把三味線上的三條弦看得清晰了。每一雙眼睛，都比一個小時前更適應了夜晚的暗度。

說是營火晚會，不過「平和的海」的參與者沒有將營火圍起來成圈，只是把它擺在一旁。沙灘上，輻散著有高有矮的人們，或走或站。

沖繩風土特色的頓點音樂節奏感以及翻著手掌的舞蹈，許多人掌握不到訣竅，也還是隨節奏擺動著身體，以他們的方式融入其中。

海浪聲充足，時而走到一旁，寧靜沒有話語。學姊想，也許人們正將想像拋擲於遙遠的小塊而完整的陸地上。如文案上的海與島的圖像，這是他們來此相遇的航行軌跡，一次又一次。

細瘦的雙腳踩在沙灘上，左右晃動，像是嘗試要走直行的螃蟹。把學弟妹丟下，學姊小心拉著長裙走向海邊。腳踩到水。很想把長裙也浸泡到水裡。也許可以就這樣在暖和的環境裡涼透身體地那樣漂流在黑夜之中。那時候不知道為什麼，突然有了這樣的感覺。

不過，她見到那人，早先就對那人有興趣。那人也站在海邊。染了銀白色的頭髮，紮起馬尾，簡約風且更為俐落的貼身長褲。

長裙拉起。裙腳有一點點冰涼。她想，那人比我高一些。

她走到稍微能踩到水的更靠近海水處，與那人攀談。那人用流利的英文回應說，睡覺時必須放海浪聲才能安眠，而這裡有的，正是無盡的安眠音樂。

能通中文嗎？在灰暗的背景裡，那人微微點頭，以廣東口音回說她會「我聽見其他兩個台灣人都叫你『學姊』，很可愛。」

她很高興，那人通中文。那人早先介紹時，說是在香港出生。學姊沒有太介意那人在營隊中不與他們一起行動。那人看起來確實說英文更自在。

從側旁看過去，她的髮尾如純白色的細線。眼睛果真越來越適應黑暗了，單單靠著營火的光，連那髮色漸層都看得出來。

「我們會說那是白噪音。」

「原來是這樣。」那人彎下腰，馬尾甩向其中一邊。撿起一塊石頭，丟到海裡。學姊也側身拾起一塊石頭，拋擲到浪潮緩緩的海裡。

咚，咚，咚。石頭跳了三階。那人驚喜一呼，並轉過頭看她，背著光仍清晰的笑容，在浪聲與漆黑一片的海邊照亮學姊的臉，便也成了笑容。

那人的名字，在這群重視生態環境的夥伴之中受到歡迎。

地球，一個地球。香港人說她的名字叫做Eartha。Earth跟A。

以帶有粵語口音的中文，Eartha說：「每次看海的時候，我都會想到在書中讀到的一段話，意思是類似說，我們受海洋吸引，凝視著海洋，是有原因的，因為比起鏡子，海洋更能反映出，我們是誰。來到這裡，我感覺大家就像是很想要傳遞這一件事情，就是我們都是同一片海洋。」

停頓了一下，Eartha又說：「有聽見你們的口號。」並轉身面向大海。

「海洋更能反映出我們是誰。」學姊不自覺地跟著默念了一次。

繼續丟了幾顆石頭在緩緩的浪面上。最後沉默下來聽安眠曲。

至於學姊學會粵語的「白噪音」怎麼說，已經是更後來的事。

浪聲如果聽得很久很久，在黑夜裡，好像會把人聽得越來越小。她們被營隊的成員喚回去。營火也從最旺的狀態，開始削弱。

夜晚月光更加明朗，零碎的話語及大片浪拍聲混在一起。在地人彈奏的音樂節奏加速，隨興的氛圍自然傳遞，人們擺動起來。

晚會最後的節目是各島嶼的輪流唱歌，人們回到原本的小圈圈。確認兩遍副歌的歌詞，要改成日文，敏敏教大家讀著最後幾個詞的咬字。

歌聲錯落微弱有如試探一般，沒入浪拍聲之中。

踩水。堆沙。公民館的彆扭時刻，早就被吃進浪拍聲之中。或許。

三味線節奏緊湊了起來，短促的彈撥聲乍聽頗有一種鼓聲的力道，弦上短促的震顫後，又有一股懸浮的樂聲餘韻。

咖啡色皮膚的人，高挑的人，黃皮膚人或白皮膚人，到了夜晚、海邊與音樂這樣真正跨越形體與語言的介質出現時，才自然而然圍住了營火。

渾厚的一道日文人聲響起，「諸君——記得沙蟹嗎？記得白天在教室中所介紹的那些生物嗎？在娛樂玩耍的同時，也請與他們和諧共處哦。」

八重山民謠以後，要輪到各語言的人們獻唱。大聲唱歌，大聲吆喝。

願你平安，Okinawa，願你平安，Ishigaki。

事後回想的話，十月一日，才是敏敏這一趟最印象深刻的時光。

※

營隊結束，回到那霸，只是隔了一天，就推進到下一個月。月曆並不管翻過頁時變成二位數的唐突，不管任何還沒準備好的心情。

從石垣島飛回那霸。結束在英日韓文交叉聆聽與比手畫腳的溝通關卡之後，中文好像重新解開枷鎖，語速不知不覺加快，有比平常更多的話想說。

敏敏買了一瓶泡盛，那是當地人大力推薦的特產。承楷在巷口超商拎了一手Orion和兩袋串燒。學姊拿了勉強讀得懂漢字包裝的餅乾。

「最後一晚了。」從三個相同圖案的營隊帆布袋中拿出糧食。

冷氣，鋪有軟墊的地板，沙發，氣密的門窗。簡單的客廳置一張方桌。電視以外的三方剛好各坐一人，不像前幾天住在學校通鋪那樣靠近。

敏敏先回到房裡換上輕鬆的衣服。那時候，不知道外面的承楷和學姊在聊什麼？

敏敏想起她是最晚加入社團的人，不像承楷從大一就在參加社課跟讀書會，敏敏是在三一八後才加入社團。更精確一點說，是佔領結束後不久的四月底，反核四行動時，她也被找去當糾察組一員；環團找學生組成一個特別的糾察組，遊行到最後將聽到指示突襲，彼此串成人龍，將整條忠孝西路堵住。當時，在馬路上，警察在四周維持封路的範圍。指示下來後，敏敏的左手和右手各牽著承楷跟學姊，車流止住。五月，她加入社團。

推開門，氣氛好像怪怪的。原本在聊的東西是不是很重要呢？不過是一陣子的時間，出房門後，氣氛就變了。就像經常在街頭，在學校跟社課裡那樣。總覺得平常還是能區隔出來，早加入跟晚加入的差別。

淡淡的酒氣讓語氣加權了力道，不是錯覺。

敏敏也在他們旁邊坐下。這次，晚加入的她，才是話題的焦點。

不是錯覺。原來我們的知覺，還沒離開石垣島。

到處都是公民館。敏敏解釋過，那就是區公所之意，本來就很常見到。

公民社會。

學生運動。

空港粉碎。
太陽花。
日台友好。
美軍基地。

最後一晚，承楷繞回去石垣島的公民館，還有最後朗讀宣言的石碑。

日文的口號。
中文的口號。

敏敏明白，是因為她，讓大家沉重下來。

昨天，三人的肉身都還在石垣島，營隊最後，所有人共同朗讀著和平宣言。

敏敏的手機卻發出聲響，義務律師團群組所傳來的訊息。

「抱歉。」

石碑上方的陽光還是非常熾熱。

「抱歉。」

敏敏說抱歉，是因為手機響。承楷和學姊說抱歉，是因為行程還沒結束，同時明白敏敏已無觀光行程的心情了。

敏敏陷入官司，這不是指她「被告了」而已，還包括不斷地家庭衝突，除了出庭以外，很多額外的會議，行動者之間凝聚共識的場合。

敏敏沒辦法表達清楚的是，那繁瑣而經常夾帶莫名恐懼的流程裡，自己究竟是比較想被支援，還是與其被忽略更好？無論如何，別人都沒辦法同理這一切種種漫長而未落幕的如服不完的運動役，是如何作用在被起訴者的身上。

營隊成員在石碑前合影。很多國的語言，說再見。解散後三人從迷你的機場，搭飛機回到那霸市。

像是又出國了一次。

※

泡盛的濃厚味道在嘴裡，Orion的清爽感也在嘴裡。

回台灣前的最後一晚。二位數的月曆像竊笑著沒跟上的人那樣立在牆壁。

我們已經離開石垣島了。但是，我覺得我還在那裡的公民館。承楷說。

承楷在酒精催動下，像是描述常被動員到街頭的「衝組」學生是不加思索地

「腦衝」那樣，在貼有陌生月份紙張的牆壁正下方，繼續說著。

難道台灣的學運內部就沒有那些鬥爭？我們心裡都沒有可怕的事情嗎？一直都在裝沒事。當時也是。凱道集結那天，還有最後撤離立法院的那一天，口號是百分之百心甘情願喊出來的嗎？就像這次在公民館發生的事情一樣，如果不是翻譯的緩衝，我們能夠發現自己其實有所遲疑嗎？社團裡發生的事，阻礙了大家的對話，難道就要這樣算了嗎？那些都不能談嗎？

他並不是一口氣說出這些。時鐘已經轉了一圈。

在這過程中，敏敏很慢很慢地，擦著蘆薈霜。好像早就接受每一頁突兀翻過的月曆，緩緩以每一個當下的時間，輕輕安撫還沒準備好的身體那樣。每一次只擠出一點，在皮膚上緩緩推出一小片新闢的田，確保灌溉無虞才又擠出一點源泉。慢慢餵養。與其說話。

學姊手機裡剛發出去的貼文是三人在和平紀念碑前的合照。食物跟土產都放在客廳方桌上。這次沒有營火，也沒有浪聲在後。

泡盛的濃厚味道在嘴裡，Orion的清爽感也在嘴裡。

電視的背景歌聲，同營火晚會的歌聲，誰也聽不懂。即使聽懂也聽不懂。

剛被解放的熟悉中文，又深深地隨酒精吞進去身體裡。

學姊頭往後一仰，看向後面的牆壁。

石垣島畢竟是另一個小島，離台灣更近。

離三年前的本島更遠。

※

時針不斷地轉。三人對話像是迷宮，明明每一個轉彎該要熟悉，此刻正因為熟悉反而容易受表象所騙，彼此避免觸碰到彼此那樣的貼著牆壁緩緩轉彎，躡手躡腳前進，想要回應又不想要回應，淤塞著，賭著運氣。可是不趁現在說就再也沒有機會說了。月曆因此無論如何都要大膽地翻動著。

敏敏起身，燒了一壺水，接著打開冰箱，連同冰塊一起放在這張堆滿零食的桌上，坐回去褪色的沙發。

那聲響讓學姊覺得要起身拿酒，「你要先喝泡盛，還是先喝Orion？」拿起手機，把剛才發出的合照貼文鎖起來。

承楷伸出手，游移在方桌上。低頭喘了大氣後拿起Orion。

啤酒滑過喉嚨後，耳朵也像是吞進了什麼，大聲公跟哨子吹得更大聲了。那好幾晚，許多聲音交錯在路上。承楷覺得牆上的月曆，正在訕笑著多年前他們耳邊此起彼落的台語和中文，沿著線圈回翻了很久很多，數不清的翻頁，竟然能夠翻回到好幾年前。

耳邊，承楷感覺到那月曆彷彿出聲，正使用或許是帶日文口音而彷彿刻意強調的怪腔來唱著「現在是彼一工」，於是承楷擺甩不了的情緒也就停在三月。承楷說，他擔任糾察組的要角。第六天，外出去借朋友家洗澡時，原本想休息睡個覺，把事情交接後才從青島東路走出去。但是他記得很清楚，淋浴的時候電話響起了，衣服都沒穿好就接起電話，沒有吹頭髮，就回到立法院了。「如果當時我也有去行政院就好了。而且我知道不是只有我這樣想。」

敏敏將泡盛倒入小杯子裡。長髮盤到肩膀的另一邊。月曆乖乖地恢復到它原本的樣子，沒有唱歌也沒有發出任何聲音，日文規規矩矩標著今日土曜日。

敏敏得這樣說，月曆知道，她知道，其實承楷和學姊也知道，「已經有些案子被撤回了，沒事。」在酒杯放下以後，敏敏伸手輕輕拍了承楷的肩膀。學姊看不清楚敏敏的表情，被那剛順著落下的頭髮遮住了。

當然，還有案子在審理，敏敏平靜地說著，還有自訴案呢，有些不樂觀，越來越少人關心，而且事情還沒結束。她長長地說完這串現況，「我不敢說自己鬆一口氣。」這是敏敏能夠表達憂慮的語詞裡，最嚴重的一種了。

承楷又微微張開嘴，說「我們卻飛來這邊討論國家暴力。」

這句話究竟有沒有一點幹話的成分，學姊這次也並不知道。眼光低徊在方桌上，既不想握住帶有水珠的沁涼Orion，也不想喝濃厚的泡盛。捏起紙杯喝了從水龍頭流出的開水。以右手摸左肩，覺得冷氣房裡讓她重新意識到自己的短髮，同時一邊的肩膀也僵硬到無法放下。

敏敏的頭只是微微垂著，說「不用那麼悲壯」，將身體縮進了沙發，長髮捲進小腿夾縫。

三人的眼睛互相沒看著誰。那霸民宿的小客廳蒙上了北平東路的陰影。起訴，不起訴，那晚在北平東路的人知道自己會被歸類為哪一群嗎？不，沒辦法為每一種行動的人設想了。自己也不該一直回溯那晚的事情。敏敏這樣想。

開學了。秋天以後，學姊會讀研究所。承楷與敏敏升上大四。這就是三人最後一次聚在一起。沖繩總是告別的氣氛。月曆對這個氣氛不置可否。

學姊所說出的安慰與安撫，不是她真正想說的話。但她發覺，此前幾年，已經太多的言不由衷，來不及了。

幾個月前，平和的海營隊曾想公開招募更多參與者，邀請不同學校的人參加招募說明會。問答時，他校比較積極的幹部問出：「你們跟綠社盟的人很好吧，他們關注這個議題嗎？」還有「參加這營隊會不會很難說服台派阿伯贊助？」甚至引發全場笑意地說出：「台灣關注基地議題的好像都偏左統？」並說教了一番地緣政治話題。有時候重點不是提問本身。如果把這些座談會打成逐字稿，誰也辨識不出語言後面真正的隔閡。許多會議都是如此。

語言拋出的時候，有很多超過語言的力道在運作。社會運動是高度仰賴語言的，政治又是語言的一切。學姊想，那時候「我們」這個詞跟承平時期不一樣。總有很多的「我們」覺得應該要由「我們這群人」一起好好談談的「我們之間還沒核對過的事」。那時候我們是一群比誰都更敏感於語言的人。我們是最在乎權力關係作用於語言的一群人。月曆上是模模糊糊的日文。對了，她在內心自我補充著：但是我們經常也只在語言行使這個界面上在乎權力關係。

學姊不太記得她怎麼把上面那一串心情表達出來，又怎麼跟承楷對話，怎麼回顧佔領的現場和行政院的狀況。

學姊只記得她最後開口對敏敏說，「抱歉，你才是有去現場的人。」

說完以後學姊就在敏敏旁同縮進了沙發，發出難聽的摩擦聲響，敏敏的座位因此受到了一點搖晃。這聲響像是哨音。承楷捏掉一瓶Orion後又開了一瓶。

學姊吞下了她原本想要繼續道歉的話，「抱歉，好像要顯得我很委屈，抱歉。」三人斜斜的視野。每個人都在看著酒瓶。看著牆壁。看著天花板。

敏敏把頭髮盤向左邊，蘆薈霜在頸上推開，因為右邊還沒有擦到，邊壓著頸部，邊能夠感到聲音說出的時候，身體會有微微震動，「不用這樣分啦。」尾音的「啦」似乎還沒有準備好要以輕鬆或肯定的語氣說出，而變得兩者皆非。

冷氣運轉，更加嘈雜，比浪聲還大。

我不是要比誰比較難過。我只是。

承楷有些欲言又止。有些話是誰都不願意提，即使是那牆壁上詭譎的月曆也不敢輕易用紅點強調的那一個日期。

但是學姊落在那個日期上面。那天下午，她想到，她和一個社團的人去探路，畫了行政院周邊配置的手繪圖，標上拒馬跟警員配置的位置。回立法院的路上卻遇到氣氛躁動且火爆的場面，卡在青島東路上。幾個小時後，那張手繪圖會被銷毀。如今，誰還能說誰是首謀，誰又真正毫不參與其中？

翻頁的速度太快了，桌上的酒杯浮在空中隨時要往任何一端傾倒。酒氣愈加濃厚，敏敏伸手穩住那個杯子。

我們的話還沒有說完。還有好多沒有說。不說的卻都是真的。你們不是覺得很抱歉嗎？由悲壯所起始之事，可能在往後平靜談論嗎？

敏敏在客廳的話很少，比起在營隊時如魚得水地談話交流。畢竟，她聽過太多，除了眼前的兩人之外，太多其他人無謂的道歉。

要直到三人這樣坐在客廳裡，真正意義上的最後一天，敏敏才像是準備好要讓紅色的圓點從月曆上的某一天移動到下一天那樣，輕聲地說：「我是不知道，我其實，畢竟，從來沒進去過裡面。」

那語氣輕到學姊難以判斷那是輕柔還是輕蔑。我是不知道。學姊在心裡重複了這五個字。

月曆好像點了點頭又搖搖頭。月曆也不知道他們在困擾什麼。

Orion的罐子被拿起，被放下。我不知道。承楷把臉埋進雙手。

整個晚上忘記關瓶蓋的蘆薈霜被收起來了，護髮油被收起來了。對，我們都不知道，什麼都不知道。敏敏一邊收拾而放出輕微的碰撞聲，一邊這樣說。

整個小袋子從酒杯旁拿開來以後，敏敏拿起一瓶小小的玻璃罐，不知道是什麼時候買的，標上日文。承楷和學姊都不知道那究竟是什麼。

敏敏仍是輕聲，卻像裁定了什麼，「我們素人，比較沒有你們這種困擾。」

※

被起訴控告涉煽惑他人犯罪的八人獲判無罪。

這一天學姊的臉書上有另一張照片，兩個人穿著有琉球風格紋路的衣服相互映襯，有所呼應，正好是現在春季的質感，即使她知道那張照片是拍攝於秋季，一年前的平和的海營隊，從石垣島回來後的十月一日。

他們兩人並不是穿著營隊的上衣背著同樣的帆布袋。那是他們在「平和通り商店街」的合照。國際通。學姊想到第一次去沖繩已經是四年前了。

承楷新的花褲原來是為此而買，去年學姊沒有察覺。如果得以仔細回想，最後在那霸時，總是在倦容底下的敏敏，也穿了類似花樣的上衣。

看到公開的交往貼文後，學姊傳了訊息給敏敏，說祝福，說仔細想想兩人其實很配。四十六分鐘以後，敏敏才讀訊息。打字框上有代表遲疑意味的色塊。敏敏說，她倒是很驚訝學姊會跟那個香港人繼續聯絡。

聊天室的文字沒有粗體特效。學姊卻把敏敏的字看得入墨，眼底留下殘影。

不等學姊回覆訊息，敏敏又傳過去，去年，營隊出發以前，她還以為學姊跟承楷會有所發展。所以在石垣島那時，敏敏原本還有點介意。

「我們那時候已經不是那種關係。」

「我知道，但是有過一些關係吧。」

「不是你想的那樣。」

停滯在這裡，學姊沒有再說明。對話框最後一句話跟上一句有著些微的空白間隔。時隔一年，又再度停留在敏敏的裁定：「你們真的好複雜。」

※

從那段時間，不，從更早一點的時間開始，學姊習慣把手寫的筆記，備份到雲端上的軟體。二〇一三年跟二〇一六年的沖繩文件都註記了「#Okinawa」的標籤。多年以後，承楷再次遇到學姊，啟用了那款軟體，那時候承楷已經跟社會運動非常疏遠。打開時，他的電腦殘留著上一個帳戶的登入記憶，那是學姊在石垣島借用筆電留下的痕跡。

承楷會好奇地點開標籤下的筆記。他遠比自己所想像的還要好奇。那個營火的海灘上，他們說要交由學姊去探探那個香港人。

而那時候，她們究竟說了什麼呢？

承楷記得回到那霸以後，自己腦衝了。那本掛在牆上的詭異月曆不時訕笑著好像發出了可悲的笑聲，不，那說不定完全只是自己感受的投射所產生的幻覺。無論如何，對於她們之間的互動完全沒有印象。

「瞭解一個人究竟有多困難，試圖不讓一個人瞭解自己又有多困難。」再下一次大選後的臉書上，他的臉書上發過這樣一則動態，一度引起臉友在留言區的猜測，說是不是當了誰的幕僚，有別人不知曉的內幕等等。學姊默默地，相當喜歡承楷的文字，有時還會把這樣的動態段落收藏起來。

憑著圈子裡的慣常邏輯，她知道學弟妹的關係，就像一般關係一樣，有來有去。不，社運圈子裡的有來有去，或許更加頻繁。

那年是承楷最後一次特別返鄉投票。愛情跟政治一起失望與淡化，倒也是這個圈子裡渺小的個人經常走向的結局。抗噪的耳機裡，放著三味線的曲子。接著，承楷頭也不回地，往截然不同的領域邁進。

學姊跟承楷說的最後一句話，是透過臉書訊息，而不再是有肢體打鬧、有白眼、有語氣的實體說話。

「我們做對了什麼，可能是因為剛好，或是因為膽小。」

「你是說我們嗎？」

「只是我自己。」

他們最後只互相說了抱歉。社團曾經一起經歷的大小事件，沒有更多的詞彙。為什麼彼此之間的臉書訊息要這樣說話呢？然而那時候已經沒有必要再這樣問彼此。

再次見到承楷的人，會說他已經變成另外一個人。但是承楷在心裡肯定自己，靠向主流社會。這句話本該不是一句批判。他想追求的東西，沒有一項是社會運動給得起。

學姊和承楷的交集只剩下在敏敏貼文底下按讚，包括敏敏持續不斷地貼著聲援相關訴訟的新聞。每一次學姊看到承楷在那些貼文上按讚，都會想著這是不是承楷跟敏敏在一起的原因，又是不是他們再更後來分開的原因。

照片裡，敏敏的長髮已燙起大捲。奇特地，倒比從前直髮，還要灑脫更多。

她知道承楷並未理解過她。她但願承楷至少理解過敏敏。

※

tags: `facebook` `2014`

突然暴增人數的工作會結束以後，在異次元唱大悲咒，唱台語版秦皇島，在瀰漫菸酒的喧譁空間，有人說「我總覺得你不適合這裡。」而我想起帳篷。

我想起開會的時候這句話出現不只一次「這樣和國民黨有什麼兩樣。」

我想起有一種說法是每一個人都是一座孤島。現在每一個區域也都覺得各自是一個孤島。如果不是島，我們會是什麼？

晚上去賤民解放區，有人說「你怎麼出來了？我以為你是那種不會出來的人。」我想起以前從一個不斷跟各種開會、說不出幾句話的窘境，走到這裡。

在運動裡，變成什麼樣的人，只有自己知道。

※

四、問答

她

如果一個人，在他十幾二十歲的時光，完全浸泡在社會運動裡，那會跟一般人有什麼不同？

從來沒有人去做過統計，但我們如果被問到這題，都可以數出好幾個強連結（strong ties）自殺，也數出好幾個弱連結（weak ties）自殺，數出許許多多個精神失常，永久性傷害的人。重大社會事件發生的時候，我就會很擔心其中的幾個人，有些人我並不記得本名。當然，我想我在這樣回答以後，也很容易被反問：難道一般校園裡的年輕人不是這樣嗎？也許資優的環境壓力大，或者在升學過程中感受到階級的相對剝奪感，或者情傷、家暴及種種高風險的環境因子，也都會導致特定使人深刻的自殺事件。所以，搞社運這件事，真的有比較危險、悲情或恐怖嗎？社會科學的訓練告訴我們「相關不等於因果」。若是有相關，那相關意味著什麼？如果我們確實遇到了這麼多悲劇，那是抗爭導致的非意圖後果（unintended consequence）嗎？或是某種偶然性（contingency）呢？如果我們控制了性別、階級和種族等變項，搞運動跟「自我毀滅性」還有那麼強的相關嗎？如果控制變項是特定科系呢？無論如何，樣本太小。

在我還沒有轉系以前，津鳳就帶著我參加社團活動。我記得二〇一二年的五一大遊行，我們拿著社團製作的手舉牌加入了「學生挺勞工」的大隊之中，津鳳說了一句：「我在這邊遊行，但我卻完全幫不上我的家裡。」那時候我幾乎以為這句話是我說出來的。所以我直愣著她，直到遊行終於啟動。從那時候我就覺得我們其實是同一個人。那場遊行以後，我們一起走過更多的遊行，一起度過反媒體壟斷的輝煌，她常問我：「悅悅，你覺得呢？」但她沒有活過太陽花。

那時我已經轉系了，我和津鳳變成同班同學，也是同一組的社會學研究法組員。留下來的組員們也都跟所有大學生一樣湧向立法院院區周遭。有一次我們在半夜的濟南路聊到「如果太陽花早一年爆發，她是不是就不會自殺？」如涂爾幹《自殺論》從社會的角度而非個人的角度去解釋自殺率的時候，提到其中一種類型的自殺率與社會整合程度和道德規範有密切關係，那叫做「Egoistic Suicide」，在一個群體之中，個人被嵌入集體的規範程度越高，越不會失序而自殺。當太陽花這樣的集體事件發生、作用並影響周遭時，置身於其中的人即使再不堪，處於那個年紀與身分的我們也都會覺得自己事涉其中、有事可做。若被某一種規範和整合牽著走而疲於奔命，是否就會無暇思考自己人生欲提早下車的最後一哩路該如何走？然而，太陽花運動終究是發生在二〇一四年，津鳳死於二〇一三年，我們之間不可言喻的連結是從二〇一二年開始。時間是無法逆推的。

「那要怎麼辦？」

「那我們從這裡開始逆推。」

※

我再度遇到津鳳（自從她死了以後），是二〇一九年我剛從反送中運動回來，被一顆特定的鏡頭拍攝，也就是我變成了津鳳的那個時候，津鳳就變成了我。

小筠替我在樹下拍了一張照片，她和相機就消失了。我不記得當時小筠從校園的哪個角落離開，我只意識到我的生命就此跟津鳳結合在一起，在那棵樹，持續生長下去。

鏡頭有無止境的圈，每一圈的圓周都像利刃，我不能以肉眼瞧見一圈圈的圓及其所嵌入的那台機器，刀刃切在哪一個角度，置放在哪一個卡榫，但我看入機器的時候，圓滑的無限的圓周像是細直的刀，能做出沒有痕跡的割。

小筠在按下快門的剎那，快門聲放大了數百倍在我的腦海旁，雙耳逐漸變成不規律卻不間斷的溫潤波聲，走出校區的每一步都像是踩著塌陷的地。遲緩而歪斜地走了許久，北大的校園像是比原本寬廣，大門口一輛一輛國道公車駛過，我看見大學路上有一家美髮店，便再次剪短了頭髮。

三峽下起了雨，我拿了一把陌生的傘離開。等紅燈的時候，我注視著那傘柄，因為太粗重而暫時抵在胸口，空出來的手摸了摸後頸，相當清爽。那已經是雨季之中我所擁有的第二把傘。

當公車門「蹦」了一聲自動關閉。耳裡的波聲向外洩出。引擎與路面的噪音向內擠入。我正在離開這個地方。上了橋，才能夠回想剛才發生了什麼。

當快門按下，現場一度剩下我跟津鳳兩人。我看見她的雙腳落地，她把脖子上的繩子卸下來，彎下腰來撿起眼鏡，穿起鞋子。我們看著彼此，就像二〇一二年的五一大遊行，誰沒走向誰，也不走向遊行終點。那時的顏色是又灰濛又橘紅，三鶯大橋後方的天空逐漸變暗。

大橋底下曾有一個部落，社團常說要去做訪調，後來都去唱歌喝酒。搬遷以前，我獨自藉口要去看那隻我曾命名的貓，也是我最後一次到訪部落，而部落的大姊，再次把我錯認成津鳳。我喝下台啤，拿起麥克風，吃著鐵碗裡的冰塊配洋蔥，跟大姊說沒有關係，我也可以是津鳳。

帶著小筠走進校園的時候，我注視三鶯大橋，置身在還未建完所有建築的寬闊校園，小筠時而舉起相機，時而左顧右盼並摸索著口袋裡的分鏡圖。森林是鮮少有人走入的區域，但我並不害怕，因為夢裡見過類似的場景。

站在那小丘的樹下，我盯著津鳳的時候，想起總有許多社運圈的人把我們兩個認錯：短髮、身高、粗框眼鏡跟輕佻的口吻。但是我們的相似性完全不在這些地方，而在於根深柢固的東西。

快門聲。波聲。

不像是其他友誼建立在交出一件又一件彼此的脆弱與缺陷的過程。我們不展現自己脆弱，因為我們的脆弱性是如此顯而易見地相同，比同性與同性之間交合的那種讓某些人類感到不安的「同」還要再更「同」的那種類同。

快門聲。波聲。

再次見她的這個場景我彷彿已經預演過很多次。天色漸漸暗。我點起一根菸，打火機齒輪在我的拇指旁傳來一陣熱感。亮光觸動她的反應。煙霧朝她的方向飄散過去。繚繞在她手邊時她也就憑空拿起了一根菸，湊到嘴邊，吸氣。

波聲。快門聲。

她的第一根菸就是我教她抽的。在社科院的六樓陽台。我想那是她最後一次到學校，但是那天我們像現在這樣沒什麼對話。她一步一步從那又灰濛又橘紅的背景走出來。沒有任何的氣味，如同一個普通人步行在校園般那樣緩慢地走向我。地上的粗葉有刷刷的聲響，她的容貌就變得越來越清楚，她吐煙的方式總有一點笨拙，表情卻有某種複雜的成熟。在那非常短暫的時間裡，我意識到那容貌不像我們每年到了忌日就要靠臉書照片拼湊起來的那樣呆板平面，也不像是那座現代化的靈骨塔之紀念個室竟以電視螢幕來播放的逝者容貌：下一組悼念者進去的時候，就會換上別的逝者容貌。如今她的容貌又鮮明起來了，看來是像一個新朋友，一個新的生命，新的表情，由體悟開啟的新的人生。她的肩膀支撐著她的身體，提起的雙腳帶她向前進，如同一個普通人走向我，然而氣弱，一如她從前在學校、在街頭以及在抗爭現場的組合屋那樣。把菸草全數捏掉以後，我開口問：「還是你要帶我一起走？」

她把繩子遞給我。我再次點起火，讓繩子在樹下燃燒成灰。

※

tags:`Book_notes`、`生命中不可承受之輕`

遊行隊伍接近看台的時候，就算是最憂愁的臉孔也會綻放笑容，彷彿想要證明他們歡欣至極，或者，說得更精確些，他們認同至極。而這不只是對於共產主義的政治認同，而是對存在本身的一種認同。五一勞動節慶典大口豪飲的是對於存在的全盤認同這個深水源頭。

※

裸身吹著熱風燒著熱水的夜晚，像是重新啟動的儀式。

我會認識小筠，是因為我去香港，參加反送中運動，有人建議我跟記者一起去，讓媒體身分做個保護傘。於是我們兩人一起出發，租同一個房間。

第一天到港，小筠問了一個問題，她的鏡頭那時候遲疑地對著空景，看似問我，更像是喃喃自語「為什麼會發生這樣的事情？」

我不知道該怎麼回答，於是也喃喃自語著說，像是以前我們在社會思想史裡面讀過的文本，過度的社會整合的 Altruistic Suicide。

因為下午，我們走空橋至太古廣場時，先看見圍觀的人群，再抬頭看見頂樓一個穿雨衣的人。晚上到旅館，我們從 tg 群組得知那個人墜下。小筠以鏡頭拍下梁凌杰最後的身影。從此以後，我們忘不掉PP指的是太古廣場。

第二天，小筠和我形影不離。我們在香港的街道上穿梭，拍攝，問問題。人。眾多的人。我從沒在單日與那麼多人哪怕短暫卻深刻的交談。

第三天，我跟小筠說今天不拍攝了，我要自己去找一個老朋友。

這就是我和 Eartha 再一次見到面，自從沖繩以後。

我並不是為了Eartha而去香港。因為我不確定能否剛好見到她。刷在手機螢幕眾多的tg訊息裡，她回覆我。那是改變一切意義的時候。

如果我不是在整座城市墜落般的那天抵達，我們在香港的碰面，是否就未必會那樣緊緊抓住彼此，以免被暴風給吹散呢？

我沒有跟小筠說這些事。回程，進去機場時緊捏著包包，直到通過安檢審查，返到台灣海峽的上空，終於感到安全之時，小筠說，除了在香港拍攝的東西以外，也希望能夠拍攝我。為什麼？她不想只是做一個報導，更想做一個紀錄片般的作品，想讓觀眾認識一個運動者平常過著什麼樣的生活。

當時，我並沒有注意到這其實是創作上的一個重大轉折。在那短途的飛機，我只是相當敬佩小筠的精神與體力。

「我先問一個就好，決定要去香港的時刻，你人在哪裡？」

「房間裡。」

小筠說只是試拍，不一定採用。她或許真有拍攝紀錄片的天分，因為能夠取人信任。

小筠來的前一晚，我裸身吹著熱風燒著熱水，像是重新啟動的儀式。

那時候，我腦子裡想的並不是小筠，而是Eartha。那時我是如何想念這一個離我遙遠的人，但絕不敢妄想能有什麼發展。想著這個房間，還有誰可能會踏進來。

大學畢業後仍住在三峽，我說，是因為房租便宜，同樣租金在台北只能合租雅房，在這裡我還能維持套房。我沒有租到北大特區，當然那裡房子比較新，但是對於靠近老街一帶的舊鎮，好像有莫名執著的感情。

穿過三間分租套房，最後面就是我的房間。她的首句評語是「有比我想像中還要大」，但兩人都進到房裡後，攝影機的腳架就左支右絀。

我搖搖頭，想著就快結束吧。她卻很快收起了懊惱的皺眉，瞪大眼睛。接著就在皺眉跟瞪大眼睛這兩個表情之間切換，調整她的相機。

前一晚，我想過要先整理，但不知道她想拍的究竟是什麼，什麼樣子比較真，怎麼樣算是修飾，被攝者的責任義務是什麼？她應該要先告訴我嗎？還是刻意不先說死呢？如果有所謂真實的話，當時的我對於紀錄片與真實之間的關聯都沒有仔細想過。如同我大部分的反思一向沒有什麼實際的用途。最後，乾脆完全不整理房間。這樣的話，在小筠離開的時候，至少有一個好處，就是我自己的一切就還是會像從前一樣。

不知道小筠是裝作不在意，還是真能接受這裡的狀態，她開始手持拍攝房內的各種日常物件，要我試著輔以口白。

鏡頭對焦，她提問：「為什麼這個，要擺在那裡？」

我便為自己雜亂的房間編了一套亂中有序的說詞。

她專注在她的鏡頭，我隨著她移動的區塊去進行解說：「這是一個接地的插座，那是另一個接地的插座，三孔插座的家具決定好以後，加上房東原先為了分租格局而牽好的網路線，剩下能夠分配的其實很有限，床跟桌子佔掉大部分面積，成為你現在看到的這樣子。」

「嗯，我確實會擔心。幾十年的老屋子，每隔不久就會上一次新聞，什麼時候會輪到我？我常這樣想。不，我並不是真的那麼提心吊膽，如果我非常謹慎，我就不會一邊吹頭髮，一邊以熱水壺燒水。」

「我如果沒有走廁所的這條路徑，」我用手指筆畫出這套房內如國道規畫一般的道路，「就不會特別把水龍頭的水裝進濾水壺，再把濾水壺的水倒進熱水壺，燒開後成為飲用水。」

「嗯，對，早晚一定會燒水，因為是固定梳洗會走出廁所的路徑。洗完澡出浴室時，我不想白白浪費這一趟已經踩入濕答答的廁所的機會，就會順路裝一壺Brita濾水。然後拿小毛巾擦頭髮，拍化妝水跟精華液，把濾過的生水倒進熱水壺，食指壓下按鈕，按鈕會發出橘色的光，水開始煮。」

我指著浴室門正對的全身鏡，那使我可以一邊整理自己，「一邊看著套房裡幾個角落。」她問我為什麼鏡子旁邊要堆那麼多雜物，我說幾個邊角都得擱著一些書本重物，以防鏡子倒下。

煮水處的兩公尺前方，擦頭髮的小毛巾掛在那邊，擦乳液，吹頭髮，拇指推開按鈕，噪音吹出，水漸煮沸的聲音，通常會被吹風機壓過。「這種時候，我就會一邊吹頭髮，一邊從全身鏡之中，看見兩公尺後方，熱水壺閃橘色的燈，一邊想著什麼時候會釀成火災。電線走火在這種老建築裡很常見，要是能夠一瞬間結束就好了。」

「沒有，」我搖頭，說倒不是常有負面念頭。「但就是會這樣想。」

小筠說這部分好了，她想換個角度。

腳架立到我的浴室門口，我於是挪開了出浴的踩腳布。深色的布料沒有顯現髒污的感覺。她的米色襪子踩在那小小的區塊。

她拍了全身鏡。挪移鏡頭時，米色的襪子踩到了布的邊緣。平常我出浴的時候，濕漉的雙腳都會小幅挪動，讓布吸乾我身上流下的水。我一直盯著那個不斷擴張而無限數不清的圓圈。

※

tags: `Book_notes`、`自殺論`

有一種集體的情緒，就像有一種個人的情緒一樣，這種情緒使人們傾向於憂愁或傾向於歡樂，使他們以喜悅的眼光或者以憂鬱的眼光看待各種事物。同樣的，只有社會才能對人生的價值做出總的評價，而個人對此是無能為力的。

※

耳裡的波聲漸漸放大。在三鶯大橋的另一端，所有的灰都捲入了最後的橘紅色之中，後在泛著紫光的黑幕中一一墜落。

結束房間的拍攝後，本以為就要送走小筠，我順便到樓下抽菸。在我捏熄菸頭之際，小筠問我還想到什麼是跟我有關的地方，什麼是我會膝反射想到的重要的地方，能否讓她去取景。

小筠的長髮因為汗水而有些濕黏地貼在她的脖子上。而我，不知道為什麼失去動員詞語的能力。結果，我就帶小筠去校區布滿樹林的深處。

那棵樹下的土壤有著分外的黏性，依稀我是在幾無光線的狀態下重新站起來。所以，不，不對，並不是在二〇一九年被拍下了照片以後，交替才發生。

我只是，要到耳裡聽見快門聲的時刻，才完全清楚這個質變的事實。

我必須更正先前的說法「自從津鳳死了以後，我再度遇到津鳳，就是二〇一九年早秋。由於被鏡頭拍攝，我變成了津鳳，津鳳變成了我。」我早就不是原本的我，不是一剎那的事。圓周利刃。攝影只是給了我一個形式上的，一個手續。

我們交替，明確活成一個同步的狀態的時刻，是早在立法院，我把頭髮剪短的時刻。那時，我感到脖子一陣冰涼。

從此以後，只要我回想結構，或者與結構有關的事，無論是再熱的天氣，都會有一股涼菸竄流過雙耳旁的感受。

二〇一四年三月，在立法院二樓廁所拿起剪刀，我就留著短髮，成為津鳳。

她前腳剛走，我們後腳就踩進在議場裡。那個月我們沒有回到三峽校區。我們呼吸著一股叫做歷史時刻的空氣。

從此以後，我們交替，津鳳還會呼吸到許多次被世人所認定的歷史時刻，或者自稱為歷史時刻的空氣。

早一點的時候我留長了一點頭髮。晚一點的時候我帶著她的祕密往前走。她聽見耳裡溫潤的波聲。我聽見快門聲。我們變成一個。

小筠的鏡頭讓這個事實瞬間清晰。交替的置換，徹底質變的本身所有，對於結構是不影響的。因為對社會來說，我們是同樣沒有名字的人。在那之間是否有一個平行的世界被掩蓋，這些社會事實無從論證。

不變的是，我走向了那棵樹。我走向了那棵樹之後被拍下了一張照片。被拍下的那個時刻起清算了所有懸浮事實。

至於那個曾經以同班同學同社團成員同組組員之姿，遭逢過他人的死，已在一次房間裡熱水壺蒸氣向上，抵達天花板住警器的高度以前，煙消雲散了。

※

tags:`Book_notes`、`抄寫員巴托比`

剛開始巴托比完成的抄寫量非比尋常，彷彿永無東西可抄寫而讓他甚為飢餓，他好似要吞食我所有的文件，且中途不會停下來消化片刻。他日以繼夜地抄

寫，藉著日光和燭火不斷地謄寫。如果他這麼賣力抄寫，過程中的心情是愉快的，那麼我理當要為他如此勤奮而高興才對。然而，巴托比在抄寫時卻是一語不發，面色蒼白，猶如機械。

※

聽到別人說什麼，把那句話打下來。聽到另一個人說什麼，就再把那句話打下來。

這場會議有一個人接著另一個人講話，把那幾個人的名字加上冒號，在文件的每一行開頭空白處先放上，等到該人員開始講話的時候，游標往下直接對應到那個人的冒號，省去名字，直接把他的話打下來。

聽到別人說話的聲音，手指頭就動起來。聽到另一個人說什麼，換行，或者游標往下，對應到那個人的姓名與冒號後面，繼續把手指在鍵盤上快速地動作。

這會有一個名稱叫做記錄，或者打字員。這也會有一個古老名稱叫做抄寫員。這也會有一個人權意識普及後的通用理念名稱叫做聽打員。這也會有一個名稱叫做速錄師，會有一個名稱叫做側記員。這也會有一個新的名稱叫做文播員。偶爾會有一個敬重的名稱叫做助理主持人團隊成員。偶爾會有一個人開玩笑說這個位置掌管生殺大權因為掌管會議紀錄。偶爾當然會有一個人說這是為什麼書記叫做書記，最高權力者還叫做總書記。玩笑不必記錄。

聽到別人說什麼，把那句話打下來。聽到另一個人說什麼，把那句話也打下來。就這樣聽打。點按。聽打。點按。直到最後。這是一個被不信任感包圍的時候，特別需要一個被信任的人去執行的事。如果嚴禁錄影錄音但又需要留存脈絡。這是一個最終的成果不會留下負責打字的人的任何痕跡的一件事。

這是一個可割可棄，又在特定的時刻被認為不可取代的事。

我在「將會議過程文字化」的過程中得到信賴，甚至輔助主持某些會議，漸漸能夠以口頭流暢且有底氣說話。我的所有工作內容都是伴隨著「記錄」這個能力而展開。這個能力大多體現於鍵盤打字，偶爾就能夠溢出到口頭話，畢竟大家都做過那一條水管，在運動裡面沒有人不懂得表達。

太陽花前後，一種總要打開什麼的氛圍。公開透明。如果這個概念有可能真實。這個結構條件早已萌芽。

不是那麼逐字。在別的領域，類似的勞動也存在。例如分數的播報，每一次打擊的播報，場上的情況。人們那時候看街頭抗爭其實也像是球賽，也曾經期待過公共政策的討論會得到如球賽那樣的關注。時代推進這種特殊勞務服務的需求。接下來，政府，跟政府合作的法人跟團體，陸陸續續零散在不同網絡中的節點，越來越多需求產生，但又沒有多到去產生一個職業。這樣的工作，說起來誰都可以做，又其實沒有什麼人可以一直只做這件事。知識勞動當道，高度現代化而必須不斷尋求意義的世界，誰能忍受不斷只是重複，尤其還正是因為明白那些語言的內涵，才被作為可信賴的打字員，而能進行有意識地重複？在社會運動、改革、思想辯論的領域中，沒有角色想擔任這個角色；偏偏需求方又會期待一個「在其中」的人能夠像角色扮演一樣地去擔負這個勞動，那樣「打字員」就可以「有脈絡地打字」而不勞煩需求方的事後編修。供不應求的有酬勞動便這樣誕生了。

為憑空消失做了循序漸進的準備。這便是我。

在立法院議場的二樓把頭髮剪掉，感到脖子一陣冰涼時，改變就發生了。但當時還不知道，我究竟變成了什麼，也不知道是經過什麼樣的過程才得以使我變成了當下的存在。

如今，在有限窮盡的範圍內，我想這就是過程了。

檔案名稱。會議資料。冒號。發言。每一個人的發言內容。那樣打字的人就會躲藏在後面，直到最後，永遠不出現在紀錄之中，徹底抹消的存在。

並不常意識到，是經歷了這樣的過程才變成現在的她。現在的我。

唯有在涼風吹過脖子的時候。

※

我

再問一次。

如果一個人，在他十幾二十歲的時光，完全浸泡在社會運動裡，那會跟一般人有什麼不同？

臉書上有一篇知名的大學通識課期末報告，臉書作者正是通識課的講師，講師每年開課都會調查該年學生所認為最能夠代表他們世代的歌曲，因此成為一種「瞭解年輕人」的文化指標。那則貼文，自然是談一名大學生所寫成的作業。那時候我距離學生身分已經有點遙遠，但說起來跟那名大學生的年紀大概也不會差太多，然而真要說起來，或許因為工作身分，我成為了學生時候不想成為的大人。那份作業讓我想了很久，不只是一晚，一週，可能想了好幾年。我想的是「參與過太陽花運動與否」這件事情是不是一個世代畫分的指標。所謂的「世代」究竟是什麼？我們是缺乏想像力的一代，所有想像都貢獻給街頭。批判太容易，反抗太理所當然，抗爭是義務，對世界指手畫腳漸漸變成戒不掉的習慣。你揍我，我揍你，之後大家都在揍空氣。

我是被那份作業的文字給刺痛了。他們的年代沒有浪漫，子彈和革命與他們無關。他們不曾遭受背叛，不曾在傾力投身於居住權益的抗爭社區後，面對自救會居民私下與建商簽約而徒留運動論述遭受嘲諷的下場；他們也不曾在同學遭受性侵的時候，被左派進步話語的老師以一句情慾流動打發；他們不曾被同為社運圈的人施以暴力之後卻被要求噤聲，只因為該社運夥伴「對於公共很有貢獻」而將親密關係的犯罪也視為可以相抵的功過；他們不曾在吐露悲傷的時候被詮釋成「你想要奪取運動的話語權」而被要求在眾人面前自剖，在十幾個人的場合核對自己的關係；他們不曾在喊著公平正義的場域裡做好幾年的血汗勞動，扛著理想的矛盾比同齡更早開始過勞，遠不如勞基法只因為那過勞之中有尊貴的理想。而且到畢業以後這些所有你與你周遭的人的經驗將會持續黏著在肩膀上，在肋骨間，在大腿旁。

如果可以，我真想對作業，發出反抗的吶喊，但是沒有意義，作業不是為了被吶喊而存在，況且我們應該嚴苛對待、應該反抗吶喊的，難道不是更險峻更位高權重的人嗎？時代變革下的情感或有浪漫，但痛苦不是，傷害不是，羞辱不是，死亡不是，繩子不是。真人身上的不是缺口，是黑洞，是激情與高點的側面。身旁搞過運動的人或有許多「迷人的故事與際遇」，現在多只願成為一個既得利益者，因為活著本身就是一種既得利益。「因為你快樂所以我快樂。」是多出來的奢侈品，親密關係在現代社會之中除了要醞釀也要運氣，要能夠重構一套屬於非理性的認知框架；否則我們之中的很多人就要投入身心靈，借一個框架才能活下去。不假思索鑲嵌在變革的大世界，有些人就丟掉了自己。什麼歌曲能夠代表我們？揮霍過符號的我們已經變成不再能被歌曲代表的心靈。「吶喊」這樣激情的動作不是我們能夠駕馭的行為了。實際上「刺痛」也不是我想說的。我想說的是，互相羨慕與試圖同理，是不斷不斷，可能也有變成簡化對立的，也有變成虛無的；我們無法抗拒虛無，除非我們逆推死亡。反事實，是為了事實而服務。有一些反事實，則會抵銷另外一些事實。那些年輕的筆，會寫下那樣的文字，未必對立，也未必虛無，只是對浪漫的比喻與兌現有不同想像。分群分類是人性之所趨，辨識「分群的動力」或能使內心獲取一些平靜。正是這麼生氣，才會對隨後生氣的自己生氣。

世代是既粗暴又不一定有解釋力的概念框架，「我們」也是，說好了認同也要認異，團結也有分歧。分裂與分歧的實質內涵從來就與「體制外」比較有親和力，個人平凡的際遇怎麼繞都會繞回這裡，鑽進分歧，而不是更加凝聚，個人的內心只有被粗暴解釋的結局。在一場有著不同年紀的運動者工作坊當中，我曾想試著揣摩那些心懷反抗與批判思想、卻不像我們時代有那麼多「機會」的人。我以為會是一條同理共情的路徑。但是深植運動與政治的論述總是一不小心就煞車過急，冠冕堂皇巧言令色，論述與回憶的陷阱將思想扼殺，思想終止於語言的當機，在年輕的身體裡。社運的記憶（泛指所有有關聯的人事物）有多複雜，就有多難去說服自己做任何一個書寫的決定，即使如此書寫本身就像行動本身一樣，只有繼續進行才能進行繼續。我們就聽不太進正義、也聽不進厭世的歌曲，單單旋律有時候都太豐富，只能聽雨聲安眠。曾有人說「我們這種人」在那些年累積了許多「特殊經驗」應該要好好書寫，但是誰特殊、誰不特殊？年輕的筆所寫下的浪漫，是不是同個意思？有一些圈子裡面談到「特殊」經常是為了顧及政治正確而委婉使用的貶意形容詞，因此聽到這種說法時我覺得整件事有點滑稽。不過詞彙終究只是詞彙，也可能是被稱之特殊（浪漫）而難以感知自身哪裡特殊（浪漫）。畢竟我是缺乏想像力的人，太早受到時代吸引，成了無法捕捉任何浪漫的人。人比時代渺小，每個微小的選擇都有超出己身的力量在壓，像是夜半醒來，發現壓在身上的原來是自以為在身下的一整張眠床。

不回答才是好的回答，當期望年齡與經歷成為一塊塊話語的源泉。放久以後，未來的人回頭看，仍然是「同代的一起努力」。

當這句話出現的時候就是警訊：我們要瞭解年輕人在想什麼。

還有這句曾經說過的話：我們不要變成以前所討厭的那種大人。

現在繼續說的話：我們如果已經成為既得利益者就別出來侃侃而談。

語言窮不盡的話只能在文字的形象上拉長：我們如果發現自己滾過體制瞭解過諸多江湖世事且理解到越是大規模大範圍的決定越是可能產生非意圖效應那我們很有可能就會說出保守的話了我們不如就安靜。

「有一個研究生正在寫碩論，想做訪談，你願意受訪嗎？」

「都快十年了耶？」

※

喃喃自語的時候，快門聲似乎還未全然憑空消失。

我們或許，是由「回答問題」所構成的，藉由每一次回答問題的時候來建起認同。就像有些人需要社群媒體上形塑一個形象，發生事情之後篩選一些放到限時動態，而且要不斷設立小權限小帳號以「確立邊界」雖然他們永遠跟他們的手機之間有一條怎麼都確立不了的邊界，像那樣的複數自我及其權力遊戲，像那樣自我感覺良好的某種自我療癒身心靈問答抽卡一樣。出於時空條件，我則是透過被訪問來完成這種被建構的認同的運動。

不管是正式或非正式，被訪問的這件事，都會有一點輕飄飄的感覺，比日常生活中任何必要性對話還要再多一點點「被看作一個人」的感覺。回答可以填充自戀，進而創造更加龐大而更難填充的空缺。

大學一年期，我第一次被隆重訪問，是在電視台。原本要出席的反迫遷自救會學長臨時不能去，說要「把機會讓給你」。電視台打電話來時我還在學校宿舍，當晚就要錄影。電視台那方特別強調車馬費，要我一定搭計程車前往，不要遲到。攝影棚在內湖，另一名受訪者是一位老阿伯，我認識，是該社區的迫遷戶，節目當天在談「聲援學生」和「受害者」兩種角度相互呈現事件樣貌的專題。錄影結束後，電視台的工作人員很好心，開車把我們兩人送到市區的捷運站，讓我們都省下了一點剛拿到手中由信封袋裝成的現金。

受訪帶來的愉悅感只會越來越少。隨之而來的是對於嘴巴裡吐出的答案的不安。受訪者越來越像一台偵測器，每每被訪到類似的主題，如果回答與當初差很多（但是搞社運的心情與狀態難道總是一致的嗎？）似乎就會被抓到什麼自我蒙蔽的謊言。於是，受訪記憶本身就成為下一次受訪的最重要素材，甚至還得稍微複習一下，像是學習機器那樣的機器學習。這不是天生的能力。不是天生的不安，也不是天生的自我重複。

把人丟到街頭上，有很高的比例，那人會在野生叢林般的險惡環境之中獲取實用的生存技能，也就是在人與人際之中為了求生而學會如何表達。運動裡沒有人不會表達。沒發聲等於沒發生，等於遺忘，等於憑空消失。持續表達的我沒有被遺忘，我在議題與議題的社會上不斷地參與，發聲，被問問題，回答問題，這一切都是要時時刻刻去維持的努力。

不。倒不是全部。曾經，像是從嘴巴旁邊不小心跌落的詞句積木那樣散落在那霸的客廳時，有人把頭髮盤向左邊，把蘆薈霜在頸上推開，裁定說，素人沒有這種困擾。那是敏敏。那是我們之中唯一有勇氣不為自身的抉擇做任何辯駁，做任何補充，做任何多愁善感的人。將人際關係變得如此複雜，那是執意要這樣做的人所期望的，別加於他人身上。關於行政院的鎮壓，她說：「別說我被動員。我不被誰動員。」不，她肯定沒有以這樣的語氣，嚴陣地對我們說，但是在我想像裡，那才是她的表達留在我記憶裡歷歷在目所真實的模樣。

而我，我們灑出的水，來自總開關、次要的開關以及為數眾多的小開關。社會運動的腳本能在最短時間讓最枯竭的人也能吸飽水分：國家，人民，新聞稿，左翼讀本，讓人握緊拳頭的旋律，再平行插入一些小情小愛中的大破大立。對，我們像是瞎忙那樣地複雜。就像敏敏說的那樣。潮濕是自己造就的也說不定。必須淋得自己與他人都濕黏摔跤才行。我們之中許多人已經乾不了。

持續灑水，變成家常便飯，直到家常便粥，尤其是二〇一四年之後。

對我來說，又過了像是清晰點的二〇一九年之後。

Egoistic Suicide，Altruistic Suicide，Anomic suicide。時代的輪轉與翻頁，是不是短短幾年就讓社會性質產生變化，而必須更快去賦予不同解釋途徑？

誰聽到了快門聲，誰聽到了耳朵裡溫潤的波聲。脖子。雨傘。

※

水杯自取。沒有服務費的咖啡店。我先去倒了兩杯水。

訪問我的人說，運動者的後續生涯，又稱為「自由之夏」的這個問題意識，就是他之所以在此時邀訪我的原因。他說這是一個得等時間距離事件當下夠長，等待運動者長得夠大，做起來才會有效果的研究。

他是一個研究生，又是一個年齡比我小的人，那時候我已經有很多成見。他跟我約在市府站後巷一家宣稱是賣早午餐，營業時間卻直到夜晚的咖啡店。他給我的時間是七點，我比預定時間早到三分鐘，他晚我五分鐘。我傳訊息告訴他我在二樓，以及我上衣是黃色。那名身材纖瘦的研究生一坐下來，丟下他黑色皺扁的後背包，就拿起菜單正面背面翻著。

然而，我以前做研究生、做研究助理的時候，有沒有讓受訪者等過？有沒有貪圖過訪談的餐飲費可以核銷，而挑選有餐點的咖啡店做訪談，趁機蹭一頓晚餐？已經吃飽的我當時是這樣想著。反思著。無用的反思。

研究生說，叫他小瓜就好。

我仍記得我的雙手按著膝蓋。準備聞著鮭魚的香味受訪。

盤裝的早午餐送來，是小瓜的餐點，他說這樣比較方便訪問。我摸了摸手錶，七點十五分。他說從台大趕過來，老師下課的時間延遲了。我反思著。告訴自己不要再反思了。反思的結果都是去討厭別人討厭自己的話何必反思。

我和小瓜之間是一張過矮的圓形小桌。

訪談同意書從黑色後背包抽出來，沿著圓桌其中一個弧線邊壓著。我在頁尾底線簽名，名字跟著紙的摺痕歪斜。

小瓜接著從後背包撈許久，撈出一隻錄音筆，像是口袋裡的法寶，說這小東西「智慧抗噪」，所以即使邊吃東西有刀叉的聲響干擾也完全沒問題。他的牙齒在瘦長的臉下方，我盯著那喉結想著智慧抗噪的意思。

無論如何，他跟我小時候一樣，都是自己打逐字稿，不是機器。看他操作著錄音筆，按著一顆一顆按鈕，那是我第一個感覺他沒那麼討人厭的時刻。

我也按過那一顆按鈕，底部推出來是插入電腦的接口，並且順便充電，等到筆電不太附USB孔的時候這件事就要特別注意。我以為這項勞動隨著時代進步而將要被廢除了。說起來，我也許比任何人都還要早「打逐字稿」。十多年前，在現已廢除的高中人社班，老師要我們整班的高中生去「練習」這件事；錄音素材是一堂人社班專屬的導論課，由一名哲學系老教授來演講。老教授的口齒不清，我們高中生的哲學素養也很低，事後聽打起來很辛苦。回想起來，真是莫名其妙，高中生為什麼要學習打逐字稿？但在那不懂反抗為何的年紀，也不記得有對這莫名其妙的心情做出什麼反應。

小瓜提問的節奏受制於食物而緩慢。鮭魚，烘蛋，蘑菇，還多拿一支叉子擱在盤子旁邊「你想吃的話也不用客氣喔。」他一邊咀嚼著。

我選花草茶是因為可以不斷碰著茶壺保暖手心。

我說我不用吃。我會盡量對著錄音筆講。請開始吧。

他問起「第一次上街頭」。我回說是十七歲時一場地方縣市的同志遊行。

他又問那時候還在讀高中，為什麼敢上街頭？

我想，人社班可能有點影響吧？有些公共議題社會意識的啟蒙。嗯，但其實也是因為當時有交女朋友。同性戀可以結婚是這幾年的事情你知道吧。但，我那時候究竟真的有「運動」的意識嗎？好像也不可考。人社班你知道，起源似乎是文組教授想要打造一個文組版本的數理資優班體系，這短命存在過的特殊制度沒什麼好多說的，也不過就是一群提早練習打逐字稿的人。要說啟發，就是我們這麼早嘗到文本分析的基礎工作如此枯燥，而早早斷了學術嚮往。

小瓜邊聽，邊露出微笑，微笑裡卡著綠色的與米黃色的食物殘渣。我摸了一下後頸，咖啡店晚上的冷氣不夠涼，竟出了一點汗。

盡可能對著錄音筆說話。手離開花草茶的時候，我看著錄音筆的前頭有個能夠消除口水聲的阻隔泡棉。

我舉起手掌，示意暫停。那個泡棉讓時間停滯。

錄音筆的泡棉，不存在更久以前的時空。這是後來才出現的東西。鮮明的景象跳出腦袋：我第一次聽錄音檔，是以一個小型的黑色長方形機器播放，有「播放、暫停、停止」的那種三角形、等號、正方形以及圓形按鈕構成的錄音機。小時候得要一手按按鈕，兩手回來用非常大台的桌機電腦與鍵盤，再一手按按鈕，繼續打字，以此完成人生第一次逐字稿分組作業。

暫停，我說，我們那時候是用那種古董耶。

接著就是我已經想不起再上一次這樣大笑是什麼時候的那種大笑，小瓜有點驚訝，但也跟著我大笑起來。小瓜好奇問了幾個跟「古董」有關的問題，他放下刀叉，我徒手拿起一小塊吐司咀嚼。這是我第二個覺得小瓜看起來沒有那麼討厭的時刻，共同認定的古董成為第一顆打破僵局的球。球滾著滾著，傳到外野再傳回內野。忘記誰說過棒球比賽無聊之處在於比賽時間太長、節奏太慢。不，不正是那些空隙使得時間本身更有價值嗎？

球賽真正開始精彩，是在關掉錄音筆之後。早午餐已經吃完了。小瓜說起話來更放鬆隨和一些，臉上露出靦腆的笑，開始透露他自己的學系，參與過的運動，也讓他那吃飽喝足的臉色更添彩度。他提了很多問題，我也繼續回答問題，回答更多像是從前擔任社團幹部時陪學弟妹聊天，聊心態，聊策略，聊意識形態，聊矛盾與無奈那種更有溫度的話題。錄音筆關掉以後的聊天，才讓我很確定眼前這名冒冒失失的小瓜，他的微小失禮以及大而化之，完全顯得他確實是一個搞運動的年輕人。

※

現在的年輕人，與我們曾經年輕的時候，有什麼不同？會不會有某一時期的台灣人特別常被稱呼為年輕人？像是「台灣就交給你們了、台灣要交給年輕人、年輕世代上場、青年世代接棒」，這些我們眼中的長輩所說出來的話，是不是也只有特定某一時期或某種階段的大長輩們，才會高頻率地說出口呢？

從前聽長者說，要上戰場的畢竟是你們年輕人。現在我們會說，要上戰場的是畢竟也是你們年輕人。我們確實沒有太多不一樣。

當然，還是有不一樣的習慣，但也可能只是我自己適應不良、停留在舊時代，難以習慣某一些進步。短短幾年，動態影像已經在日常生活裡強勢主流化。不是錄音，不是文字，不是什麼可以一再揣摩而自行腦補的媒介，而是佔據視覺、聽覺且連續不斷砲轟的資料洪水。在我所打字的那些會議裡，許多人，在會前與會後、活動前與活動後，甚至進行對話的過程中，就拿出手機，而且鏡頭要上下左右移動，按幾個特效放上社群媒體的限時動態。那種時候我都很想躲開，當然我的鍵盤不斷打字，我守著我的筆電，從來不是被拍攝的說話者。但那鏡頭移動之快，像是手上爬著許多蠕動的生物，只要動作開始出現我就彷彿聞得到那股乾草般的腐蝕氣味。我突然想起二〇一九年，小筠問過我，看著香港的抗爭，有沒有讓我想起在台灣的抗爭，想起哪些部分，有什麼不同。她的鏡頭是和緩的。那時候，為什麼我沒有感覺對鏡頭的反感呢？只記得她替我把分岔的瀏海撥開，臉靠近了我的。我想到Eartha所以我退開了一點。導致連自己口中吐出了什麼都忘記。鏡頭忘記。

小瓜沒有要拍攝影像。他只是拿出有泡棉的錄音筆。古董，穿出內野的棒球。我們在精神上交集了一樣的行徑步伐。

在還沒關錄音筆前，小瓜問到「學運圈」的「練兵」活動，一個大多數人都遺忘的大營隊。我說那是二〇一四年的最開頭，沒有人知道太陽花運動會在之後爆發，還以為反服貿只是一個如同其他兩岸議題一樣小眾且夾帶著許多憤怒老人的性質的抗爭，其實當時「學運圈」關注的議題範圍可廣了。大營隊辦了五天，兩百人來參加，北中南東各地的學運社團。如果在那時候，營隊所在的靜宜大學猛然被什麼炸彈砸中的話，現在有些事情恐怕就不一樣了。

「你們這個研究可能就做不了。」我說。

「我以為你要說，炸掉的話，就沒有太陽花。」他緊接著說。

這一整段訪談，事後我向小瓜要了逐字稿。把逐字稿存在我慣用的筆記軟體裡，下了標籤「#interviewed」。想說以後就可以不再依靠腦袋來回溯回答了。

根據小瓜給我的逐字稿，在上面那個問題拋出後，我回擲了一個無關緊要的答案，其後他又迅速趁傳我一個球。

我反駁說太陽花這種由時空條件所造就的大事件是無法被預測的，說營隊當下沒有人能做出這種預示，說這些假設其實沒什麼意義。

逐字稿裡，我還說：「但我們那時候真的很愛搞組織，搞串聯，搞聯盟，就算虎頭蛇尾，每隔一陣子還是會有人出來做。當然後來看到香港人的 be water，也會想說當初的方法是過時了。」

講到這些詞彙的時候，我記得他的眼睛集中起來，他的附餐紅茶已經喝到最後一口。他說他很難想像。他整理文獻資料的時候看到很多培訓營、訪調營跟交流營，確實很常看到這些詞彙，「但『做組織』這個詞感覺很左膠。」

逐字稿裡，我答說：「這個詞有點被濫用，不過我懂你意思。我們那時候還經常辦培訓，聽起來就很遜對吧？你去看更久以前的學運社團紀錄，越久以前的就越膠，我聽過印象最深刻的是有人直接跑到社團的辦公室對著大家說『我要來組織你們。』這話是正常人類會對別人講出來的話嗎？好笑的是還真有一群人覺得很高興，想要去『被組織』呢。」

小瓜說他要再下去櫃檯做最後點餐。不久後上來一圓盤點心，又多了一杯紅茶。圓盤裡有兩根德式香腸。那時候已經快要九點了。我們似乎因此聊到了街頭上常見的「民主香腸」。

小瓜一邊咀嚼香腸，一邊問了一些我們當年讀書會的文本，問當時社團之間的路線辯論，以及所謂對於運動的反省及鬥爭，這些許多主題都成為營隊的分場次話題。我說大概，還有雲端備份。

吞下整條德式香場後，他問我：「在那幾年這麼大量的營隊、這麼大量對話裡，最印象深刻的一句話是什麼？」

另一條香腸被我徒手拿起。

逐字稿裡面看不出有延遲，不過我記得我是在整整吃完那條香腸以後才回答。最深刻的一句話嗎？其實我馬上就想到了。

「你這樣跟國民黨有什麼兩樣。」

「你是說，是這句『你這樣跟國民黨有什麼兩樣』嗎？」

「對，就是一個問句『你這樣跟國民黨有什麼兩樣』。」

「我以為你在罵我說我跟國民黨有什麼兩樣，嚇我一跳。」

「不是啦。不過這麼說，我也不確定當時那到底算不算問句。」

逐字稿裡面只是一個段落換行。

那之間的空白，讓我想起那間巷子裡的咖啡店到了晚上九點還是人客流竄，卻不嘈雜，像是大家有默契不干擾別桌客人那樣收拾碗盤倒水都小心翼翼，樓梯上下的腳步也是輕緩的。

想起我的座位背對牆壁，雙手在胸前交叉。德式香腸內餡是起司醬。

「你們是對彼此說嗎？為什麼啊？」

「你可能跟運動幹部一起開會，就被說是『黑箱決定』，或者辦活動當總召是『獨攬大權』，或是社團裡面大家負責經營不同議題的『派系鬥爭』，也可能就是你做了一件錯誤的決定，或是誰覺得被你傷害，例如說腳踏兩條船也可以說是一種親密關係上的『獨裁』，批判時詞彙用得太感性也可以說成是一種精神上的『暴力』，然後組織的學弟妹或是新進素人很快學得這一套邏輯就會跟你算從前的舊帳叫做『轉型正義』。反正所有一切，當時有一個萬用的標語，就是『你這樣跟國民黨有什麼兩樣。』」

我看著小瓜的眼睛。他口中掉出了一些詞句。大抵是表示驚訝，或者同情。

「我不是要說這叫『運動傷害』，我可沒有要坐上受害者的位置。」

如果不是逐字稿，我也不會確保那句話牢牢刻印在我們腦海裡，那是那幾年非常流行的一句話，大多時候用於反諷。不過以後的人或許看不出來了。

「你可以說那時候我們都很幼稚，抓著一個政黨的符號，或是進步語言的符碼，把其實沒有適當重量的概念抓在手上玩來玩去。但是比起『國民黨』，我後來更覺得『有什麼兩樣』這句話更嚴重一點。因為那代表我們哪一樣都不明白。我們只在乎手邊有武器就要拋就要扔，我們沒有在乎武器本身。」

小瓜轉成如我平常那樣喃喃自語的聲音，他喃出的話是「批判的武器不能取代武器的批判」，卻沒有收在逐字稿裡。

不過，這句低語，就是為什麼後來他關掉錄音筆後，我又花了比預期更多的時間陪他聊天，並且不覺疲勞厭煩。

※

tags: `interviewed` `transcript`

：那最後想問，你覺得你現在還算是在參與社會運動嗎？

：我後來做的那些事情，包括現在做的一些事情，其實也很難說不是。如果NGO他們，那當然是絕對作為一個社會運動。就像是就算你去當一個志工擺攤，去幫忙做會議紀錄，那當然也是參與在社會運動之中。但是我自己是會盡量避免使用。為什麼喔，社會運動這個詞，我覺得要留給激情。

五、地震

我

衣櫃裡，掛著平和的海的上衣，因為租房的牆壁不能貼不能釘。由一只衣架掛著一件卜型圍繞豐富動植物生命的圖案在橫槓上，就是掛畫，以圖像逃脫物質空間的風景，在每一次打開衣櫃的時候。無論哪一個房間都可以。

同樣在房間，點開一盞是地球儀的燈，三段亮度，夜燈用。點開第二盞是地板的廉價觸控立燈，白黃三段亮度。兩首歌輪播。

在房間裡掉眼淚。窗簾沒有拉開。時間沒有意識。抗拒意識的時間。微燒。

匆忙變得更匆忙的一小段時間。運行。睡好蓋被子睡覺。明天要起床。微燒。字不能負責。句子不能。字不能。關係不能。兩地原本就是阻隔。

「『你們』很愛講情緒、情緒，先把情緒兩個字講出來以後，好像其他的講話就都歸為理性。」吵最大的時候，Eartha做出一個全稱的批評。津鳳聽得出這句話之中所刻意強調的你們，是指誰。

台灣人比較愛講情緒二字嗎？不，糾結在這百句吵架之中的一個詞，並沒有意義。津鳳之所以不回應，不是因為在爭論主題上她被哪句話說服，而是因為在那個時刻，恰巧地，她覺得當初深受Eartha著迷的自己，淡化了，退到看不太清楚的那邊去了。

重點是，對方肯定同以為此。她不回應她。彼此有了共識，不透過言語都能瞭解彼此的分歧，什麼言語都成為耐不了的煩。

那個不惜從三峽搬到中和，從套房變成家庭式雅房生活的自己，真的是同一個自己嗎？換一個地方生活一段時間後，好像總會自問這樣的問題。

津鳳說，我沒有不認同你。

Eartha說，別用你上班那種口氣對我說話。

雙重否定。津鳳大嘆一口氣。她知道中華民國不是什麼討喜的公司，對過去的夥伴而言不是光彩的職業選擇，對香港人來說更是複雜的身分而難以感到正當及自豪。不過，這都是原本就知道的事情，不是嗎？當初，不是花了很多時間在說明，努力溝通過了嗎？

也不過，Eartha並不真正明白，那些社團朋友為什麼把這當成不光彩的選擇。就像津鳳不會真正明白香港的學生會，他們的和勇之分。誰也不能明白他人的選擇，裡面還是外面，留下來或離開。明白可以努力，但有極限。

欽慕彼此，盡力到現在，就只能是到現在。

明明知道那是一時的。

這是當時，所必須的親密。她只是，難以接受，一時已過。

津鳳說，我沒有特別用什麼口吻。她自己也不知道這樣第三重的否定有什麼意義，但就回話了，爭端就不會停止。早就知道墜落，還是要往前踏出。

究竟什麼時候發現兩人共同圍繞的線圈，其實有終點了呢？她的雙手垂在兩側，連一點點都沒辦法從大腿上抬起，像是回答不了問題的小學生。

Eartha回說，那我們就別說了，情緒病究竟是你還是我。說完後Eartha回到她自己的房間，把沉默隔在那間很少動用的，脆弱的和室房間內。

和室的門既不能隔音也無法真正上鎖，只是體感上盡量隔開而已。

濕悶了整晚總算下起雨。津鳳寧可外面下起雨，聲響配得上氣味。她知道Eartha喜歡聽雨聲。

有一次，她曾向Eartha開玩笑說，台北比香港更有資格稱，所有的記憶都是潮濕的。廁所的天花板每到連續的雨天就會由其中一個棱形邊緣滲水，滲水滴下來的位置剛好在馬桶左前方。上廁所時身體要偏向右方。她們會玩笑計算著彼此對於漏水水珠的躲開成功率。

Eartha最古怪之處，就在於她不只喜歡下雨，也喜歡淋雨。當然不至於刻意去淋雨，但是對Eartha來說，下雨時沒有撐傘也無妨，淋一點雨也無妨。瀏海貼在臉上的時候，臉就顯得特別淨白，可能是經常帶著棒球帽的緣故。既然都潮濕了，比起要下不下的鬱卒，老老實實下雨不是更舒暢嗎？津鳳沒有反對這樣的說法。Eartha曾說過，雨水向海，海化成雨，滴下來像每一個人的循環，隨時可能以各種形式滲入任何地方。

她現在，滲入到脆弱的隔間，暫居的和室。台灣對她來說，就是這樣隔著一張紙不能上鎖的房間吧。津鳳這樣想。

兩個人在家庭式分租了一間大雅房，一間和室，和其他兩房的室友共享衛浴，這在台北的年輕人來說很正常。大多時候，會待在比較大間也能夠上鎖的，也就是津鳳的房間裡。和室便成了彷彿吵架專用的避難所。

津鳳在客廳裡，檢討著自己，她覺得已經刻意提醒自己，不要刻意用政治正確的說話方式，因為那會讓一切變得更不正確。就像她在帶社團時，曾經對敏敏說過的話，其內在邏輯恐怕是一種更接近歧視的情感，是了然他人有不足自己之處而能夠優雅待之的平靜，是沒有可視階層的上與下。禮貌的說話隱含著不正確性，其對於關係的破壞是不著痕跡的，對於曾經親密的人們尤其。

然而，兩人之間有些根本的東西，變得不正確了。那種搞錯的感覺，就像兩人曾有過的歡樂時光，透著和室的紙門，就算看不見也感受得到。

怎麼可能都忘記了，才是幾年以前而已。銀白色髮絲已經不像當初在石垣島看到的那樣光亮，也不像在暴風中的城市裡那樣唯一不可。

天橋望過去遠遠看見被污染後的空氣所罩著的，已經是歌聲褪去後的同一片霧濛的天空。這裡不是那裡。但她們逐漸再次地，喪失對於明天的期待。

下一次吵架的時候，Eartha可能是剛說完就知道自己的話裡面有整團模糊不清的髒污廢氣，「難道你是想逃避父權，才找我這樣的同性對象戀愛？」

「你才是，想彌補從前沒有參與的示威，才想回去香港。」當津鳳這樣回覆的時候，她則知道兩人之間的分裂不僅是一面紙也是一道牆了。

霧濛的天空仍然是讓眼鼻阻塞發癢進而發痛的同一片天空。

※

在小島上好像能夠看得更清楚太陽與月亮。

中和的景觀看出去是樓房，巷弄後更多的樓房。但是兩個人能夠在房子裡創造開心的時光。津鳳記得，在共用的廁所裡，當Eartha聞著手洗好的布衛生棉，用臉頰貼著剛洗去血漬的布，聞著氣味來確認清洗乾淨的那個時刻，她會在一旁悄悄盯著她，確認著她。

那一股空氣。閃光燈，快門聲，黑色的傘。她想著。正因為Eartha願意來到這座島，有沒有可能就這樣一直走下去。

在這巨大的宇宙裡我並不是孤單一人。

在床上，當她全裸躺著或坐著，看著Eartha穿著幾乎遮蔽皮膚色的黑色短袖上衣與棉質長褲（或者只是因為每次燈光昏暗，不管什麼顏色看起來都像是全黑）在她面前時候，她會覺得Eartha與其說是一名女同志，不如說是一名演奏家，彈奏著床上的女體。而她自己，與其說是在跟一個女人交往，也就不如說是找到了一個好的演繹者。那種時刻她會感覺到她的生命特別綻放。眼前銀白色長髮會綁起馬尾，或是散在肩膀上，襯托她那天所選擇的彈奏風格。

她願意和她一起洗澡。洗澡時，或許沒有浪漫可言的舉動。畢竟那是共用的浴室。但是回到房間，做愛的時候，她會穿好穿滿，不願意脫。而津鳳並不介意。一起走出共用的衛浴時，室友們從沒有流露過鄙夷的神情。那樣的事情只發生在中和。合租者是在吉他上貼反核貼紙的人，在筆電上貼彩虹旗的人，那也是台北的特徵。

如果是獨立套房將有自己獨有的門與衛浴，象徵一整個人獨立的生命；當時的雅房，是將兩個人算在一起，都還稱不上獨立。

中和的窄小與氣味混雜，像某一種香港。信義的高聳與氣溫混雜，是另一種香港。搬到信義區的時候已不再能感受到Eartha的血液。

※

分手以後，在喧囂的都市中央裡，有一小塊區域或因產權與都更等複雜因素而作為住宅區，同整個城市的樓房那樣老舊，才會成為年輕租客的選項。

津鳳自己搬出來，所住的一間頂樓獨立套房，被四周高聳發亮且發冷的建築包圍，有如被擺放在島嶼的一座香港模型之中，同樣的擁擠，同樣壓迫。跟香港不一樣的是，這個大都市沒能看得見海，即使島嶼本身環海。這個都市是在盆子之中。

津鳳常感到暈眩，是因為這一區的泥層鬆軟，放大地震的效應。

信義的垃圾袋跟中和不同顏色。街上的人穿搭不同。樓房密度不同。街道寬不同。最不同的，是從頭自尾，這個房間都是津鳳一個人住。

當津鳳聽見窗戶下方的喧鬧源源上傳到高樓，看見人們會在天台伸展，打太極，她會感覺在水泥叢林裡昇華一種人體內氣息循環的衝突感，像是在摩天大樓的手扶梯大廳聚集著做瑜伽，像是把一些解放活動進行在牢房。有一段時間，她們還不太會吵架，只會說一些政治話題，女性主義話題，香港跟台灣哪裡像又哪裡不一樣。當車聲在夜晚響起，津鳳瞧見有人把衣服曬在窗戶外面，想著不知道香港空氣品質如何。

津鳳喜歡那些窄小的人行道，柵欄使人感覺安全。當然還有，總是有很多百貨公司，以及比百貨公司更奇形怪狀的高樓。對於這些她沒有好感，也不反感，那就是所屬於那個地方與那裡的人的真實。

兩人從石垣島的海邊後，再次實體相遇之時，所有的香港人都在忙著行動。樓頂掉下一人。那一晚，津鳳將自己錯置成路上的老鼠竄逃。從任務裡暫離，把小筠一人放在旅館，直接跑去找Eartha會面。高樓城市旁的海，與小島沙灘的海，只要是海都緊緊相連著。石頭在海面跳了幾階。在那時候周圍的噪音都是白噪音。

Eartha說了她回到香港的生活。在那恍如隔世的時期，Eartha也是一個人住。離開前，津鳳手抄了幾個防毒面具的型號，聽Eartha叮嚀回台灣後要收集寄件者的地址，分散分批把物資運過去。手抄的紙張，跟多年前的紙張一樣，都要在完事後立即銷毀。

再過了幾年，島嶼另一邊的一切，包括海，只能用想像的。

在記憶裡，Eartha住的劏房不像台北總刻意分隔出來租人才如此狹小，而是天生就狹小。鐵製大門多一道發出巨響的垂直拉門，也不像台北以樓梯為主的老公寓。走廊有更多密集的單位及大電梯。她當時不假思索地說很羨慕能坐電梯，因為在台北很少住得起有電梯的地方。兩年後，上下樓梯成為少數會用到大腿肌肉的運動，運動的時候津鳳會想起當時的不假思索。記得的都是這樣的蠢話，收集到的都是愧疚。但是，愧疚與後悔都沒有用。這是一段沒有範本可以參考的感情，就連分手後的劇本都沒有得參考。

只能寫信。必須寫信。就是寫不出幾個字，也不能不寫。

有時候，津鳳會面對空白的信紙，腦子裡浮現Eartha在夜晚的海邊，在灰暗的沙灘席地而坐。對地面毫無想法，不輕不重地坐下來的樣子。

寫不出信的時候，津鳳會再去沖一杯咖啡。把豆子磨碎，每一次磨碎後再沖煮的味道都有些微的不同。把咖啡粉從濾杯上沾黏著濾紙倒出至垃圾桶，那種深色物質潑灑在薄而半透明的塑膠袋的樣子讓她感到有些放鬆。

比起磨碎、嗅聞、品嚐和咖啡因的作用，津鳳執著於呈潮濕狀的咖啡粉的存在狀態，有一種遁入污泥卻又是淨化的感覺。咖啡粉沾在已扔入垃圾桶裡的衛生紙，進而沾在塑膠袋表面上。烏黑的痕跡在桶子裡，但並不覺得髒。

她們曾經把咖啡粉拿來玩。正確來說，是Eartha衣著整齊地，把粉抹在津鳳身上，以相對而言的居高臨下，在津鳳面前。

那種時候，津鳳會想，她可以把所有不那麼複雜易碎的東西，通通組合起來。只要被磨碎，被潮濕所沾黏就好了，烏黑地靜置在廢棄的角落。她想像，如果能夠一直這樣就好了。大家承認性慾是原始的，不會去評斷這個東西。大家只會去評斷所有其他東西。她們覺得濕熱的咖啡粉是潔淨且秩序的物質，而且很環保，很永續經營。她想，那就是我們對愛的全部的想像。

每當她們看到永續指標，永續經營，永續的什麼什麼，她們都會覺得那就像是在描述她們以環保的方式交換彼此。循環不止的愛。

而且她們總是做很久。即使Eartha堅持不被碰觸，還是可以做很久。像是輸出端跟輸入端各自協定好。普通大小的雙人床，連床板也沒有，放在木地板上。有時候會沿著床邊，或跪到地板上。津鳳有時候會擔心Eartha會不會覺得無聊。在她凝視著床邊灰白色的牆壁，天花板暗黃的陰影或者木地板一條一條之間的裂縫，她會感到被萃取的滿足。她只要負責被輸入就好了。如果Eartha罕見地說出一句廣東話，她會更覺得餘震蕩漾。

信義區的餐廳又排起隊伍了。有些人戴著口罩，有些人沒有。

走在路上都會聽見路人聊「都恢復正常了」。

※

tags: `Dear_Eartha`、`送達信`

蓮蓬頭的水有怪怪的味道。如果我跟這些水一起流到地底下，經過世界上最髒污的地方，最後我這樣的水也可能和你遇到嗎？

※

在人們感到不正常的期間，津鳳應徵到一份短暫的正職工作。

如果不是因為一直打字做紀錄，總是懷抱數位備份的焦慮，商業公司一輩子也不會進入她的視野。即使津鳳從來沒有去考過什麼有關打字速度的證照或應徵聽打員之類的制度性認證，倒是也靠著這種需求寄生核心，變成在重要活動中的打工仔。討論會議進行中，總即時快速地用鍵盤打字，或者聽著錄音檔打著逐字稿；那些場合，她搭配的正是這個產品。黑色介面，白色介面，她真心喜歡這樣冰冷簡潔的東西。因此她覺得她可以在那樣的地方上班。

鑽研網頁編輯器的筆記軟體。即使一點業界相關的背景都沒有。

分手是適合工作的。這樣一份短暫的正職工作，有別於政治或公共議題的正常工作，在人們感到不正常的時間裡，津鳳與主流社會銜接著而快活著，將失敗的親密關係放在一邊。

頭髮開始習慣性塞進耳後，戴起耳機。上工以後，每天要視訊開會。不過有時候津鳳會突然從螢幕中消失，讓大家不得不暫停會議。其實她是抱頭掩身蹲下。遠端上班的日子，津鳳發現地震比從前更多。哪怕是極為輕微的。

Eartha也曾為此驚慌。與其說是對於地震本身，更不如說，是對於津鳳敏感於偵測地震一事及其反應，出於不理解而添一分驚慌。

螢幕的視窗裡，同在四方型框內的同事們左顧右盼，問著「有嗎？」接著去搜尋關鍵字。而每一次，都是真的有地震。

表情符號報以鼓掌。這裡大家習慣用英文代號稱呼彼此，在軟體裡溝通互動展現表情。同事建議津鳳「你不是說不喜歡中文簡稱嗎？要不要用地震儀『Seismograph』的開頭來取呢？」

搖晃了這麼幾次以後，津鳳的代號從「JF」成了「se」。

她想，「se」很好，我們就暫時借用這樣的名字。她自嘲，iPhone的平價版本也代號為「SE」。有一次在蘋果直營店見到一名身著貴氣的阿姨上門，說要買iPhone「ㄙㄟ」。那麼貴重，卻又那麼俗氣，那麼正常，所以就那麼自在。「se」很好，我們就暫時借用這樣的名字。

同事見津鳳ID改成「se」以後，口頭上就會「se」啊「se」的叫。發音聽起來像是以前台語稱人「阿se」，那詞有笨拙之意。這又讓她更加輕盈。

她身體記憶裡有一部分的自己喜歡這種不必強做聰明的氣質，像是她喜歡的電影《Happy Hour》裡面有句台詞說「終於不必再假裝聰明了」，然後該名角色馬上出軌。她受那句台詞所打動，對於「se」她又感到更多的認同，即使只是短暫存在那家公司。那段上班讓她感覺到方方面面的快樂都是空前絕後的。除了名稱，除了遠端，上班不必作抽象的政治判斷，只要做實在的指令，實在的輸出。這就是為什麼樂於換上這份工作，跟社會運動沒有關聯。不必去回應社會的議題，想像裡面，過去的社運夥伴也不再以理想衡量她。上班總是立足在社會上，那樣究竟就算是好嗎？還是也不那麼好？或者無所謂好或不好？她在想出這個答案以前就會暈眩，無論腳下鬆軟的泥層是不是加劇了地震的晃動。每一次她敏感於偵測的大動作反應，內在有一絲「這次會是終於的結束」的期待。但是沒有，即使台北最不缺的就是危機。她還必須，再等一陣子。

※

tags: `Dear_Eartha`、`失敗信`

你知道嗎？我們很羨慕過你們。你們的學生會有自己的樓，我們的社團連獨立的社辦都沒有。過去（很遠的過去了）每每比較，你們的綜合能力更加優秀。相反地，在台灣做學運做社運的人，好像真是沒有所謂競爭力。

※

當全世界都在討論遠端工作是不是缺乏溫度，津鳳從來不為此困擾。遠端工作凸顯了她所擁有能力上的全部優勢：相對窄小的身形、以更大量的文字溝通取代說話，而且耳機可以隨時調整音量。

這對她而言，曾經期待會是一個嶄新的生活。但只是曇花一現。

她從來沒見過真正的曇花。未來將一現又一現的，總是只有一再出現的名為

「歷史時刻」的空氣。

躲藏般地鑲嵌在競爭性的商業環境，卻又像是一個「阿西」那樣自在。當眾人為疫情所焦慮，她卻過著難得的穩定生活。口罩下的呼吸，在那時候，都顯得精緻。每吸到一口空氣，那都有著名為「主流」的安全與自在。

地震，如果不是太大，一切很快就能平復。

人們只要在平穩的路面多走幾步，就會回到正常。隨著疫情的文化地震漸漸平復、眾人也漸漸適應新的日常生活以後，「se」的鬆快之旅也中止了。

離職的理由很簡促：沒有辦法到實體辦公室上班。

大家的新日常生活。解封的歷史時刻。不是她的。原來邊緣從來不曾主流化，如果有，那就是一現的曇花。

老闆解釋地理直氣壯，無論員工直接或迂迴地抗議。公司要求是「回到」辦公室，但對津鳳而言，從來沒有「回」這個預設。出於過往從事抗爭的習慣，公司內的溝通也一不小心就說了太多，說這叫做強制外出。講完之後不久也就退了群組。

臨走前她慎重與工程師同事告別，她並不討厭那些同事，甚至覺得，或許因為他們都有某種惰性，卻又有著為行為設下諸多奇特規範的個性，而有性格本質上的親和。直到離職那一天，津鳳都沒有跟同事們見過彼此真正的本人的樣子。但是那一年，在螢幕裡一個個方形分割出來顫顫動動的頭像動畫，她熟悉記住了。

離職後，曾在茶餐廳外看到一名同事，她是以腦袋裡儲存過無數張螢幕頭像，得以辨識真人，但她沒有上前打招呼，因為當所有人重新置身在秩序穩定的社會，而早已不是人心惶惶尋找認同所在的取暖氛圍時——「se」這個笨拙的暱稱，就顯得還是有點不太體面。

再一次，很快地，她放棄了一個名字。

曾經置身過抗爭與政治的場域，對於鬥爭所冒出的煙硝味也總能很快偵測。她是第一個，但很快就不是最後一個，因為一波波餘震而離開公司的人。後來離職同事組了一個群組，他們會讚嘆，「se」不愧是地震儀。

※

tags:`#Diary_singi`

我們每天生活的痕跡都還在映著暗光，疊著哄鬧的燈節折射出最俗氣的燈光。在夜裡，我們能為這點痕跡的立體紋路做一點點陳述吧？不這樣去清理乾淨的話，有一天我們被問及時，恐怕會面臨更巨大的失語。畢竟，辨識本身也花時間，也要沉澱，也要辯證。

※

遠距工作與不戀愛，遠距的關懷可以有許多解釋，直到疏離一詞被解釋為止。套房裡，有一張擺放電腦的桌子，另一張桌子則在床頭。床頭的桌子上有每天的身體關機按鈕。市區夜晚再怎麼吵鬧著，都還比不上津鳳腦袋裡的喧囂。三級警戒的時候，城市變得靜默，夜生活蓬勃的市區以各種意義上沉寂並沉靜下來，就像藥後的作用。失去意識以前，津鳳會像是坐在那個床頭，看著枕頭上的自己的臉，看著那具身軀，她能夠消化許多的藥品，也委身在另一個窄小的空間過。那裡沒有獨立的衛浴。那裡沒有獨立。她們會一起在共用的廁所裡同時清洗著布衛生棉和月亮杯。Eartha會喜孜孜地在倒出整杯的血時，用一種彷彿佩服的口吻說「好多喔」。她們出外的時候經常沒有帶傘，淋了雨好像比什麼事情都更開心。

我看著津鳳。看著我自己。我的傘下有我自己。天橋上曾架起一排排的雨傘，讓我覺得其實傘是好堅固的東西。我們活成了一個Eartha口中的「奇怪的台灣人」。如果沒看清楚那又有什麼關係。愛挺挺地撐起了傘下暫時躲雨的我們。

※

tags: `Dear_Eartha`、`送達信`

辭去工作後，依然有很多案子可以接，生活過得還不錯。習慣在家裡做瑜伽了。我可能會拉長一點時間才寫信。你回不回信都好。我知道你會好的。

※

喜悅，或者來自於躲躲藏藏。因為跟別人不一樣，所帶來的快樂。

在日照並不慷慨的台北，總被陽光亮醒。比起小時候生長的地方沒有對外窗，老舊公寓的套房倒是有採光。床頭的藥罐被太陽照成很有層次的樣子。每晚睡前坐在床頭的也會隨著光照而消失。藥罐是實用的，疼痛從來沒有從每一個週期缺席。津鳳想起從前月經來的時候Eartha不會腹痛，但會暈眩。搬到獨立套房以後，津鳳原有的經期徵狀也多了暈眩，好像那是Eartha贈送的東西。

有一次，月亮杯沒有裝好，血汩汩從大腿流下來直到貼木皮的地板時，津鳳就這樣直愣愣地盯著，以大腿、小腿與腳邊的肌膚感受著熱血。走進浴廁內以手指探究，月亮杯沒有在陰道內展開。只能沿路擦拭著滴下來的經血。

Eartha在信裡曾經提過：「洗澡的時候，獄中的女囚是統一洗，會看見血從地板跟廢水一起流淌。」有些女囚不再來月經，Eartha則感覺劇烈的腹痛與全身的僵直。

苦痛是沒有理由的。她想起以前學運圈的朋友小齊去工會實習，不斷經歷血尿。同為學運圈前輩、也同為女性的工會副祕書長不以為意，只是淡淡說每個人都會這樣，彷彿在斥責小齊的小題大作。小齊離開工會以前，在臉書上寫到她在工會所屬的縣市車站前，突然有尿意，接著就任由尿液放出。不忍不憋，透過了內褲，長褲，到襪子，尿液流到鞋子乃至地板。文字重疊了她後來所經歷與想像。所以確切的用詞，津鳳已經不記得了，只記得那動態是絕望之中有一絲解放的感受。然後小齊就離開台灣了。

苦痛是有正當性比較好，或不該被強調，信件往來的時候，津鳳沒有辦法把這個問題想到徹底。她很希望自己回到那木板跟床。恍神間，她在將沒有展開的月亮杯以手指捏住而拉出陰道口的時候，扯到外陰的皮膚，痛得出聲。那次收信，備份著Eartha的文字時，她的手指在鍵盤停留特別久。

※

tags:`Dear_Eartha`、`失敗信`

冒出一個不太好的想法：如果我們還在一起的話，現在又該怎麼辦呢？

※

喜悅，或者來自於明確體認到失去的過程。失去證明擁有。

當時是怎麼分手的？不，並沒有什麼值得記錄的肯定句。早就知道終點。從最開始就是必然分開。

若要在月曆上蓋上確切的日期，那是一次在港澳辦事處前的記者會。津鳳說不上她對周遭的一切如何疲憊，只是坐在旁邊辦公大樓的柱子下，比記者更行禮如儀地幫忙拍攝照片。

前一晚，無暇處理彼此的情緒，住在容不得爭吵聲響的中和巷弄，津鳳第一次感覺到若是有一把火燒起這個藏著細小而萬千秩序的社區，燒掉那些為了隔間而輕浮的牆壁與地板，燒掉擠滿巷弄的車輛與裸露在外的家具，好像不失為一種攪炒。腦內幻景。甚至想被濃煙嗆著。想像街巷的催淚煙霧，火光。然而使她清醒過來的只是路邊的交通警察那樣煩躁的日常，那樣不帶有暴力的惡意。

和室的拉門原本就是這個顏色嗎？骯髒，模糊，破損了，難道真需要一個解釋，或一個正當的理由？那是她給出的結論，「我們這種關係，走到這裡就好。」

不獨立的居住時，有著不會下沉到夢境的夢。有Eartha仔細聆聽津鳳，有對她的分析。在那裡，不用努力也能嗅聞到爽朗的空氣。曾經。和室拉門上的那些紙張，原本就這麼薄嗎？右上角倒數第二格的破洞是人為的還是自然裂開，或者有什麼蟲子或小動物的移動痕跡嗎？

記者會前一晚，沒有睡，沒有吃睡前的藥物，盡是聲響，發霉的氣味，紙張泛黃，所有的記憶跟著紙張發霉發臭而泛起一點點夕陽般的黃光。談到越靠近分手的實際意義時，就沒辦法吵起來了。彼此從來就不是如膠似漆的關係。但尋常的窄房裡逼出的眼淚，還是憑空落下來。憑空落下。憑空消失。灰暗的沙灘上起初只有一人坐下來，但是最終就要兩個人都席地而坐。因為面向的海，比我們更知道我們，是什麼樣的人。

她沒有那麼冷靜。她想著空氣裡為什麼沒有霧氣跟火光？電器為什麼沒有讓這樣的老房子著火？著火的社區能不能把所有不快樂的一切，比如貧窮，比如不真正合法的種種契約關係，通通都燒去？

為了不打擾共用浴室的室友，她們沒有頻頻出去洗臉，而是濕紙巾一擦再擦，霉味更加潮濕發霉。津鳳甚至開了筆電，好好替Eartha調整了發言稿。

關係的消耗是發生在每一次這樣緩緩坐下來的時候嗎？是因為面對環境而不得不動用理智，把情感節制到最低才能夠免於語言的轟炸嗎？不，即使沒有外在壓迫，沒有人能保證任何一條發展的軌跡。在石垣島的時候不會知道。在香港的時候不會知道。現在才知道。只有在終點，或者逼近終點的那個時候，才會隱約知道關於自己內在角落的一點點樣貌。

海的聲音。說著和平共處。營火在沙灘上靜靜的燒。樂器環繞四周。潮濕的氣息是那麼美好。記得第一次見面的時候我們聊了什麼嗎？她問。她沒有回答。

什麼時候天亮了，或許是談著單單以政治考量而言也有結婚的必要，或許是在談著實際上Eartha早就受不了津鳳的軟弱跟反覆的性格，在那樣的一段一段推進或後退的爭吵，撫摸與談話之中，像是為這段過往關上鐵欄，只能瞥見窗光。那個時候，風險都該知道了，那不只是分手，但那不能不是分手，出於風險以外的所有理由。

一大早的記者會，再不整理就來不及。頭髮塌陷了，老化而灰白。在多年以後，津鳳心裡深烙的並不是Eartha的笑容與體溫，而只是Eartha的身分與口音，不容灰色的立場。這是最折磨的一個不可逆的過程，也是為什麼信總是寫成失敗，寄不出去。為什麼所有記憶裡面，越是政治，越是理性，越是否定她跟她愛過的人之間曾經有過的，被揶揄著一種政治正確的身分而顯得彷彿不真實的關係？往後再寫信，她們不談及戀情。不談這段關係的性質。她們都有意識這樣做。於是彼此的過往，似乎就越寫就越沒有。

「即使不在一起，我們仍有那麼多共通的意識，還是會繼續聯絡吧。」當時，這是Eartha冷靜下來後給津鳳的溫柔告別之詞。

然而，斷斷續續相處在一起已經有兩年，津鳳還是聽不太確定她說的是共通的「意識」，還是共通的「意思」。

那天清晨，擔心打擾室友。推開雅房的門外，還有室友的貓懶懶地走過來。

Eartha把慘白的日光燈關起來，破敗的牆壁裂痕在眼睛裡被淡化了，只有日光射入在雜亂的共用客廳。廁所有密切而潮濕的記憶。和室裡，有著津鳳永遠不明白的，屬於Eartha自己的思慮與情緒。津鳳知道，那句話是刻意說給她聽的，她知道真正需要有一個對象來維持聯繫的，不是自己。

不用化為言語，寫不到信裡，寫不到日記裡，最為真實的東西，她不會忘記。海知道的事，她們不知道。從今以後她們所朝向的未知。

推開尖銳聲響的紅色鐵門。最後一次，兩人一起從那間房子走出去。

那一天早上，能聽見鄰居的廚具鏗鏘作響，複雜氣味自窗外溢進屋內，後陽台有一點油煙，前陽台有引擎，身體軟軟而恍惚，客廳有一道不太爍眼的光，照在局部的範圍。再怎麼混亂的局面，只要局部暖暖的色澤，廉價家具都是動人的，是兩個人共享的。沒有了。窗簾拉上。

思緒變成語言，在腦袋裡，越積越多。原本就很多的又化整為零，零又爆炸為多。從中和要出發前往信義。

港澳辦前的發言稿，是前十二個小時裡津鳳仔細讀過，字斟句酌地協助修改過。被 Eartha 念出來的時候，她已經一個字都聽不進去。

第三段亮度之後就是關閉。那就是分手日的記憶。

※

兩隻耳朵聽見的是不同聲音。波聲漸漸退去，因為地球總算轉著而漸漸遠離上一個波浪。悅悅在說話。我在說話。手掌圈在自己的脖子前方。有日光燈。有霉味。我所聽到的是快門聲。波聲漸漸退去。

快門聲從模糊的巨大聲響，逐漸變弱。是機械的聲音。是快門。是鏡頭。

波聲不在那裡。黑色的雨傘，彩色的大傘。剪去了。憑空消失。陽光是慘白，事物沒有顏色。最後那場記者會，有一點灰灰白白。轉動。

席地而坐，在灰暗的沙灘，手指相碰到的一刻，石頭扔出去，落到海裡。

一隻耳朵的聲音轉大了，一隻耳朵的聲音漸漸消去。因為Eartha的肉身曾經在那個地方，我才會在後來，偶爾走過去。Eartha愛過的我。而她離開，一絲緊促的機械聲響回返。

※

tags:`#Diary_singi`

故事始於我們對存在有著絕對的認同。

※

而後我才知道，以一捲一層的波漸漸遠去的速度去知道，津鳳此後是這樣悄悄地緩慢地又剝離開我的身體。

她不會再死了。不會再活一次。她在套房裡。獨立著行動。

我是這樣看著她的生活。坐在床頭。坐進枕頭裡。

津鳳最後的日常，是這樣的，在轟炸聲來到以前。

我看著她。

她

敲著一字一字到網頁上的時候，她活成一個傳產職人般，年輕人已經沒那麼擅長鍵盤，更擅長觸控式螢幕。她本該停留在那個時代。

打字的時候，津鳳的手指擺在鍵盤上，而且是幾乎只擺在鍵盤上；能不用到滑鼠她就不用。她的四肢瘦短，多數的設計都不符合她的身形。搬到信義區的套房後，她曾經努力改造空間：桌上的螢幕墊高，桌下的加裝鍵盤架。這些額外的添加設計卻是矯枉過正，像是原有的建築再加上違章建築越是危險。她狹窄的四肢總會偏斜，哪怕不是很明顯的偏斜，而且她的偏斜方向也並沒有一致性，只要稍不注意，意志就會凌駕設計。例如雙手垂下的時候，外接鍵盤能夠在她臉部的正下方，滑鼠在她的右手邊；但是，只要身體多側向右方一點去使用滑鼠，數小時後，她就會感覺到右手臂與肩膀的交接處有些僵硬與痠痛。那些尋常的小角度動作就會導致歪斜不平衡，最後失眠。

治本是盡可能維持一個正中央的姿勢。像是方向盤，不斷提醒自己回正。在心中宣讀自己的規則。不斷確立自己。但是不行。

從旁看來，津鳳只要在書桌前，即使不斷打字，身體移動的軌跡卻是微乎其微，只有手指噠噠噠地上下動作，停滯，再打字。像一個僵硬的機器人一樣。無論是誰嘗試擺一台紀錄片攝影機在旁邊，都不會對這個景象描述以「有靈魂的做事」這種解釋。她更像是一台機器，不是一個常態的人類，除了傾斜。她有強迫症，但在疫病竄流後的社會，症也稱不上症。

房間的牆壁上很多標籤。撕下標籤的方法唯有不小心被電風扇吹掉。不小心被熱水壺蒸上來的熱氣給溶掉。標籤掉到地上的理由就是標籤被拔除的理由。標籤不會被主觀意志清除掉。都是機率。標籤來提醒自己的意志，生活的選擇，所有社會運動教她的價值觀，以及與社會運動不同的價值觀，還有更多的價值觀，全部鋪開來在牆壁上，以便校準在不同的事情發生時，要顧及哪些面向，自己又是在什麼位置。個人內在的運動，那是一個人的連儂牆。

在津鳳慣用的筆記軟體裡，每一份筆記，可以下好幾個不同的標籤，用打字打成的標籤。只要一個字母不一樣就會變成是另一個標籤。每一個標籤都要謹慎去下。每份文件都謹慎分類。而且可以下複數個標籤。一白一黑。白色閱覽，黑色管理。黑色介面如果單獨勾選「#Dear_Eartha」就會出現所有貼上這個標籤的筆記。接著，如果再點按「＃送達信」，也就是說，同時勾選兩個標籤的話，那就會是同時具有「#Dear_Eartha」和「＃送達信」的筆記才會出現，也就是取交集的結果。點按的結果顯示出大多數的筆記，沒有送達。這正是為什麼要這樣分類。

民主時代，那是自己的失敗。

寫的時候已經挫敗。送達顯示的比例更殘酷。與前人不同，津鳳知道自己並非受到極權的阻擋，而是受到自己內心的懦弱，使得信件大多停留在軟體上，怯怯下了個「#Dear_Eartha」標籤卻沒有寄出，只好再分出一類標籤來收納。自己選擇不寄出去，就是自己的失敗。

一般人因常寄丟而更常寫。津鳳是越寫越明白她的失去，早在囚之前。

很久以後，津鳳慣用的筆記軟體會壞掉。但是她細心備份的檔案，都有保存下來。檔案是以「md」儲存。這種檔案格式也是一種寫作的語法；部落格時代，編輯後台常採用來簡單排版。津鳳會把手寫信的內容，用電腦打字到軟體上做備份，為每一份做標籤分類。

但是，一個人沒辦法記住那麼多事情。一個人沒辦法記住那麼多。一個人完成不了歷史。高大的詮釋，經典的理論，厚重的歷史，都不是人。

回信的圖檔中，Eartah的信紙有拙劣的花朵圖案，像晚上用不著的花傘。

從圖檔捨去了字跡，敲著一字一字的時候，她聞到的是熱水淋上咖啡粉時悶蒸出來的濃厚氣味。她看見自己握著手沖壺。每天起床她的第一件事就是點火，注入粉上才啟動肉體的感官。那個動作叫做萃取。萃取後就是一個個體。

但身體裡有複數個靈魂。如果是自主意志。如果不是。

直到轟炸聲響起。前一天的萃取沒有完成。

※

tags: `Book_notes`、`家庭絮語`

如今，詞彙再度通行無阻了，現實又像是垂手可得：於是舊日的那群封齋者便欣喜若狂、奮力從現實中採收果實。這場豐收是全面性的，因為每個人都認為自己是其中一分子：於是在詩歌和政治之間，就產生一種語言上的混亂，詩歌和政治似乎融為一體了。但接下來的情況告訴我們：現實是複雜而隱密的，它的不可理解和晦暗不明，並不下於幻想世界；它依然在玻璃的另一選，而想要穿破玻

璃的願望，也證明是一場幻夢。

※

做菜，是比較簡單的寫信話題。電鍋是擺在分租格局後由陽台改裝成的大面積廁所所置放的洗衣機上。曾有一套拍攝香港樓房住屋的黑白攝影，在社群媒體上被廣傳「這照片好像有味道」，畢竟爐火台在馬桶旁邊多麼不堪。她如今在這裡已過上許多年了。從前讀過白色恐怖家書中的濃厚情誼，但那樣的話，卻寫不出來，或者寄不出去；也不敢編號碼識別信件，擔心會讓獄警更警惕。人要去擔憂其所擔憂不到的領域，就只能無邊躁鬱。結果就像機器人所內建的倫理機制，談論很多事情時，語氣跟以前不太一樣了。也許太過正向，太過雲淡風輕，沒有政治，只有擦邊的道理與感悟，期待對方讀出那背後的影射。

送達這裡的信變少了。不只是送過去。

直至一團噪音，卻帶來平靜。灰塵在鍵間蓋起了樓塔。

信，有些並非刻意要失敗，而是無法證實有沒有送達。無論如何，就信本身來說，就是失敗，就是沒有傳送給對方的意義。送達這裡的信變少了，表示那裡也失敗了嗎？萃取是流失，書寫是消耗，是嗎？

夢拉得越來越長。波瀾的夢，不是樂團所唱的一股勇氣滿溢胸口，不是旗幟在街頭舉起而乘風；而是不止息的詮釋在拍打著，不規律，也不刷洗思緒。夢裡有快門聲與波聲，反覆切換著。

意識裡有許多的「不」。不是這樣。

夢被拉得很遠很長，剩下的顏色區塊，在灰灰白白的牆面底下。津鳳經常想像並夢見的監獄。文字沒有地方去。文字必須棲身在很多地方。夢裡有人聲，不同的音色，不同波形，以不同速度切進意識裡。

意識裡有許多的「不」，像是完美的圓又像是一條絕對的直線。不該把運動變成詞彙。不該把行動變成意念。不該把立體變成平面。不該把實體變成數位。不該投放。不該縮影。不該把一個的變成集體，集體的變成一個。不該簡化。不該不化約。不該按快門。不該看著。不該吸氣張嘴。不該若無其事。不該旁觀不該旁觀的。不該評論不該評論的。不該記那種事。不該忘那種事。不該做一個人的歷史。意志不是這個規模，不是那個模樣。

為什麼在最絕望的時候，沒有喜悅，我卻重新拿回了這個名字。

愛是什麼？在這些事情之後，我們究竟，都變成了什麼？

※

tags:`Dear_Eartha`、`失敗信`、

我始終記得有一本書上以宗教般的口吻重複著「工作，去愛人們。」

※

打從一開始就注定失敗的信。黑色介面，標題全數改成了日期，全數重新將筆記標籤為「#Diary_singi」。

而我終於不再抄寫。

衣櫃裡的那件平和的海，原來不是為了Eartha，而掛在那裡。在裡面守著這一個海之風景的，是悅悅，在三段燈的地球儀關掉之時，地板的廉價觸控立燈開啟，補足陽光所未能照見房間的暗處之時。

此刻，海面的波浪由櫃門間的縫隙，湧出潮水，淹沒地球的這一面。

改動標籤的那一天，有大地震。

在夜裡。津鳳沒有醒。

※

tags: `Dear_Eartha`

我很安全。我人在安全的地方。我相信你知道發生什麼事情了。

好一陣子沒寫信給你了。不是因為動盪。對你，我很抱歉，總是圍繞在我自己的困境裡。很多時候我不知道要寫什麼，想說就抄一些書裡的內容給你。但是這麼做又讓我很難受，好像我無話可說，更糟糕的是，好像在營造成一個舒適的（例如說看著電影、讀著書、做著想吃的料理）狀態來跟你說話。好像無視或過於輕視你的命運。

現在，我不想這麼多了。所有事情都不一樣了。只萃取剩下的東西。我想念你。我想念很多人事物。

再次寫信，就是因為你常笑我的，關於我很奇怪，我很不正常的這件事。當然，即使如此，謝謝你曾照顧過那樣的我。每次你說我一下子站在這種立場，一下子又站在那種立場，一下子義憤填膺，一下子軟弱無比，等等等等……你所笑稱的精神分裂，我都想告訴你，分裂的兩塊其實長得好像，對他人來說，或者對我內在來說，都太像了，所以大多時候，分歧不會被注意到，也不影響。只有你注意到了。你當然會注意到。

在你面前的我總是脆弱，那正是我們之間關係的本質。是嗎？只有大海知道我們是誰，也許我對你，你對我，都沒有那麼知道。但我知道你不喜歡我再說這些。過去幾年我寫了很多都不敢寄出，不是擔心什麼其他的原因，只是擔心你不再回我信。但是這次，即使因為什麼理由送不到，或者沒有收到回信，我想我也能夠接受。

希望有一天我們能夠頂著白頭髮好好坐在公園聊天。全世界哪一個公園都是可以的。或者海邊，全世界哪一片海邊都是相連的。你聽外面的噪音，就會聽見噪音裡有我也聽著的噪音。我們有可能並不是看著雨景的人，而是震盪在天地的雨滴。

我想，一個人往前走，是不分背了什麼、放下什麼的。就只是時間到的時候，差不多該走了。我們之間可以結束。你別結束。

悅悅

（這是我原本的名字。另外，我為自己取了英文名稱叫 se，寫起來小小的 se 是不是比 J F 更適合我呢？想知道取名的理由，有一天我當面告訴你。）

六、商區

承楷覺得這個筆記軟體，或者說這個瀏覽器，未免也記得帳密太久了。

學姊用他的筆電登入已是十年前。進入網頁，跳到登入頁面，本該要點下「重新註冊」的按鈕，食指卻好像被一股多年前發現自己噗浪先被刪好友所殘留的惱氣所阻擋，而在帶入學姊帳密的狀態下直接按了enter。

這台快要汰換的舊筆電，裝著舊的晶片，不接電的話很快就不行了。自己早就買新款，舊的放在公司只為偶爾替新軟體測試不同作業系統的使用體驗。而且，有私事要處理的話，還是別用公司的電腦好。今晚就屬於有私事的一晚，為了赴約，現在複習般地登入遲遲未被刪除的大學帳號，翻翻信箱，才想起有這樣一款當年社團使用的筆記軟體，記得是為了挺台灣自有品牌而選。當時承楷對此不置一詞，從前他覺得這些紀錄，都很沒有意義。沒想到多年後，會像是小時候的時光膠囊那樣，重新訪問這個網頁。

以學姊的帳號登入後，游標遲疑在帳戶區塊，但遲遲沒有直接登出去。軟體介面是全黑色的背景，白色框框的標題。標籤的樣式太過醒目，看得見一些標著Okinawa的，標著Diary的。那些不要點，不要點。承楷一直訴求自己不要點。

襯衫還撐著身體挺立在隔板後方的座位上，四周總有一股名為職場的空氣圍繞著，而不得不以足夠材質的衣褲才得以嵌入在地。不，怎麼會用「在地」這個詞，明明早就沒在做田野了。

這些學術名詞若不早點擺脫，會被同事揶揄文組讀書人氣質彬彬，「不愧憤青覺青。」語氣與神情和承楷十年前在石垣島的公民館所揶揄著「竟然沒有開冷氣，不愧是關注生態的營隊嗎？」的神情沒有兩樣。

游標沿著左右畫著又大又小又歪又漂移的圈。如果，螢幕另一端監視著游標經過所留下來的痕跡路徑，會長得像失敗的煙火四射，重複而無序。

如果稍微對觸控板施一點力氣，這台舊筆電或許就會把什麼舊的東西吐出來。他這樣想。很難說這是不是好事。

只剩下遠遠一兩個同事還在附近，監視器就算不會無聊到拍自己帶來的筆電螢幕，也不好留下什麼把柄。於道德面或風險面，不該在此時點開別人帳號裡面的東西。

但是，「如果只是看相對公開的資料應該還好吧。」他仍這樣說服自己。

點按「社團」這個標籤。緩緩地噴出鼻息。承楷的身體降落到辦公桌底下般，然後迅速吸了一口氣開始掃視這整個頁面。

這個標籤底下，全部筆記的所有權都不歸屬於學姊的帳號，而是社團所共用的一個帳號。大家都畢業很久了，學姊的帳號仍然擁有會議紀錄的雲端權限。如果不是看到這個帳號，根本不會記得社團有英文名字。

這些文件都是從社團帳號開啟並擁有，再共用給幾個私人帳號來共同編輯，當初挑這個軟體就是能讓多個人共編，這樣的話就可以把做會議記錄的工作平等分下去。結果，仍是特定幾個人在共筆，只做到了即時更正跟「大家都可以上去更正」之用。記得當時曾討論過會不會被竄改，學姊說編輯紀錄可以查看，但又有誰真的會去竄改、會去查看呢？

總之，理論上，承楷的學校帳號也可以共用這些文件，就算不能編輯也能檢視。這裡是本該允許他訪問的地方。他再次說服自己。

當年，承楷從來不屬於會幫忙做會議紀錄的人，甚至也不會經常去讀。這竟是他第一次進到社團的雲端空間，有系統地查看這些文件。

文件啊文件。眼神突然就飄忽到座位區外，更多下班的人所留下來的空空蕩蕩的座位區。隔板上有著客戶送的月曆，雖然這年代，誰還用這種手動翻頁的月曆呢？

他的頭突然有點痛，想到過去。遙遙地想起那座校園，建築堪稱乾淨，但是校園內還有著尚未建完的工地，動線設計有點不直觀，學生們走著走著，並不容易聚在一起，社團活動隱隱約約受到阻礙。當然，或許也是我們社團本身經營不利的緣故。他回想起更多事。

有一次社團要辦活動，他負責去行政大樓借場地，為了確認細節曾想查看會議結論。但承楷實在有點懶，沒那個習慣，覺得文件真冗贅，要登入個什麼也很麻煩，所以最後是請敏敏轉貼截圖給他的。

如今，在職場，承楷最討厭不讀文件的同事，因為不讀文件就是增加整體的溝通成本。他對於大學時候的自己，對於社團，有點慚愧。以前真是意氣用事。人際關係遠大過於一切合作習慣。

眼神從那掛著月曆的隔板，別人的座位區，再回到自己的舊筆電螢幕。

他看見最頂端文件的「更新日期」，眨了眨眼睛，確認沒看錯，竟只是上個月。對了，十月，現在正好是開學不久的季節，社團在招募新生，是展開各式各樣讀書會與活動的時節。真虧有人還記得翻月曆啊。他迅速瞄了一眼月曆又看回螢幕。迅速到沒有發現月曆有一抹詭譎的摺角，像是單側嘴角的微笑。

社團還在。學弟妹還有交接到共用帳號，而且繼續做會議紀錄，更新著從過去留到現在的檔案。兩指上下滑動著頁面，承楷覺得有一點欣喜且有一點驕傲之情。

同時他更確定自己原本就擁有這些檔案的瀏覽權，就當作是我自己以共用帳號回顧吧。社團是我們大家都參與的，沒關係吧。他三番兩次自我說服。

※

tags:`社團``社課``2016_09_w1`

 # 九月第一次社課：社會運動討論會筆記

（導讀結束後）

（本場讀書會有非社員身分的同學參與討論，所以整份紀錄都將以匿名處理，以求留下完整的討論紀錄。）

A：如果我們很難去identify我們的名字，就很難遊說更多人加入，大學生一進來看到這個只會覺得是激進的暴民，我們就會吸收到更多不可控的負能量。

還是就像之前有一個教授來演講，你們也有看到那則臉書吧，說搞運動是一種理

想，學運也都是有讀書有抱負的人。那我們以後不要稱自己「搞運動的」，我們就稱自己為「社會運動家」？

B：可是我覺得參加社運一點也不偉大，這樣自稱難道不是虛榮作祟嗎，為什麼一定要什麼什麼「家」？落入同一種世俗思維了。

A：那稱為「社運者」怎麼樣？「搞運動的」聽起來不夠嚴肅。不知道別人嚴不嚴肅，那些很「安那其」的搞樂團的⋯⋯好像也不能說人家不嚴肅。

C：我們不是台大，應該不在那些教授口中的所謂「知識分子抱負」，至少我在填志願的時候沒有這樣想，我是會覺得有點心虛，配不上。說我們是「社會運動家」可能是蹭到學運明星了，尤其我還比較算是一個素人。

B：以「的」結尾滿好的，像是台語常會有「什麼什麼仔」。外省仔本省仔，搞運動的人，搞抗爭的，搞運動的，這樣說起來很親切。

A：我覺得也不是說我們自己，而是我們邀請來講社課的那些前輩，那些做NGO很久的人，視社會運動為職業甚至為志業，他們真正心懷理想也耕耘許久，總有資格說自己是個「社會運動家」吧？

B：可能吧。應該這麼說，我覺得「搞抗爭的」沒有比其他鑽研什麼事情的還要更偉大。我不知道是不是只有台灣，還是國外也這樣。我們現在這個時代，參加運動的實在太多都是夾在個人情感與利益，是符合個人的需求優先。那篇投書說我們這些頻繁在街頭參與抗爭的人有「高敏感情緒病」，你看我們現在哪個人沒有一點精神疾病，就算是低敏感的人也被搞成高敏。

A：就算是這樣好了，但我們做的事情還是很重要啊。不然你覺得？

B：嗯。你是說我覺得嗎？重要吧。（隔了很久）重要。

A：如果有一個年輕人，說他就是這高敏感情緒病族群，他就是把運動當成自己人生的階段性解法，那，如果他自暴自棄地對你說「我根本就不是真心誠意對社會要有貢獻」，你會對他說什麼？

B：我會對他說，嗯，「可是你們做的事情，還是很重要啊。」

（記錄者也參與討論，來不及同時打字。中略。）

A：問題可能在於我們總是在「反抗」些什麼。「抗議」這個詞就有種很憤怒的感覺，那就會吸引到憤怒的年輕人，可是大多數人並不是憤怒的，至少不會無端憤怒起來。如果我們社課或活動上面一直處在憤怒的形象上，其實我們篩選到的人，如果要一起討論事情，就會很難有建設性。也不是說一定要有建設性啦，但就，會是同一種調性。

B：嗯，像反核運動走到現在，要談能源轉型，就更多的並不是反對什麼東西，而是要去促成，或是做正面的倡議。

C：這讓我想到之前學長推薦的書，雖然我沒有讀完，不過有一句話是寫說：「革命很難，革命的第二天更難。」反對什麼東西相對是比較簡單的，促成新的什麼的這件事，好像跟「社會運動」就沒那麼直觀，好像總還是得要有個什麼東西去反。要是給我們一張全新的白紙，大家真的知道要畫什麼嗎？

A：社會運動跟革命不一樣吧，有什麼好比的。

C：還是可以聽聽看非社員的意見？

D：我只是覺得月經的第二天也很難。

B：其實月經倡議這件事情我是滿有興趣的。這不憤怒吧。

A：確實也需要軟性一點的題材在裡面。可以看看最近有沒有什麼紀念日可以搭一波做宣傳。不然我們有關社運的討論先到這裡，之後去參加沖繩的營隊，應該會觀摩到他們的反美軍基地運動，說不定到時候會有新的想法。

C：嗯，到時候回來再跟大家分享。

B：說不定想法會完全不同喔。

（討論下一次社課及月經平權的可能書單。）

※

「你要把文件整到不同平台嗎？」

「對，現在文件太混亂了，中午開會的時候我被指定要survey一下。」

「你怎麼用自己的電腦？」

「不同作業系統要測試，也看看即時同步啦。」
「星期五，不要太晚下班哦。」
「待會有人約在附近，沒事。」
「唉唷，好喔，先走囉。」

瞧見有人來，走到他的座位旁，承楷便快速捲動著畫面，以免被瞧見螢幕。早一點前，他還以為如果有同事回來辦公室，他都會馬上發現才對。

但是，依照螢幕右上顯示的時間，在這十八分鐘之內，當他回想代號分別對應的是誰，想起敏敏、學姊等人年輕的身影，又再想到當年說出那些話的自己該是什麼表情，他的心神還是被那些詞彙所吸引。

幸好，被嚇到的時候，仍能羅織出個屬於這個場域的在地化說詞。

也幸好，同事沒叫他用手上的文件demo。他可不想留下編輯痕跡。那樣太明顯了，學姊會發現。雖然，異常地點的登入痕跡或許就會通知，學姊無論如何都會發現也不一定。

但更動文件還是比較嚴重，能免則免。怎麼都過了十年，還在擔心所作所為讓學姊不高興？在學校時，有很長一段時間，社團的大家都對學姊十分警戒，並不是敵意的警戒，而是懷有照顧之情的小心翼翼。

要說例外的話，就是在石垣島那時候。因為事件已經過了兩、三年，也由於當時已經容不下警戒的空間，畢竟長達數日都無法用中文暢所欲言聊天，口號還喊得很心虛。如今，啊，敏敏似乎搬到國外了，太合理，她本來外語就很好，只是在那之後就很少看到她發文。敏敏不像許多說要「買個保險」的人在國外生活打卡，美麗的景色配上總是有點扭捏的文字。

承楷思念敏敏的心情突然變得很強烈，因為既然是分開在不同國家，不知道這輩子還有沒有機會見到她。

但他心裡還是為敏敏感到開心，也有些驕傲。這是敏敏應得的自由。他自己也是，選擇留在台北，生活工作，日復一日，感應進入，感應離開，對於成家立業沒有特別的企圖。公司不久前發放急難救助包與飲用水，因為高樓的疏散作業複雜，每年所有高樓內的企業員工都要配合練習避難。這是定期工作。

高樓容易成為目標，無論是天災還是人禍。上個月，還真的有同事因為擔憂這一點而離職。偶爾瞄到新聞，承楷覺得，繼續維繫著資本主義的高塔，也算是愛台灣的舉動。終於明白以前在海外賺錢的台派長輩在想什麼。大概。

帳戶每個月都有定期定額扣款，支持著幾家獨立媒體，幾個從前關注的社運組織。這些事情身邊並沒有什麼人知道。因為身邊都是同事，頂多加上不熟的室友。這是承楷始終覺得自己和身邊的人不一樣的地方。

他原本以為「離開社運圈」這個決定，會讓他得以拋下大學時期那種永遠做不到言行合一的鬱悶、拋下人際關係與國家暴力等種種回憶，獲得嶄新而受到肯定的新鮮空氣。現實卻是相反的。年資一年一年累積，過去的一切更加清晰，縱使不是凍結成發光的水晶，也風化成獨具紋路的石頭，他對過去的人事物擁有不太一樣的新評價，進而對年輕的自己也有些改觀。

同事走遠後，職場的氣味散掉一些，燈光混濁一些。承楷穿著襯衫的身體直立在辦公椅上，感覺周遭不再平靜，而是有隱約的亂流。

還有，四周好像變冷了，身體的溫度顯得相對烘熱。方才臨機應變的職場對話攪拌著從白色介面裡飄出來的不合時宜之詞，好像擦出什麼化學變化而散發出土灰色的氣味縈繞在空中，讓承楷的意念有點紛雜。

游標繞回黑色介面。觸控板真不靈敏，他想。

※

tags:`社團`、`社課`、`2016_10_w1`

十月第一次社課：平和的海營隊討論筆記

A：感想的話，對比戰爭，我們的痛苦根本就微不足道。離我們這麼近的人類歷史上有這些事情。去看那些紀錄片，去那些地方，我們有去到一個洞穴裡，把手電筒關起來，去感受當時的死亡氣息。還有聽後代口述的當時的狀況，他們有很多戰爭的包袱是要一輩子扛在身上。相較之下，總覺得我們應該要早點放下在社會運動裡面的大大小小痛苦，可是我覺得，我們甚至不曾像他們這樣把話談開，真正反省過去的選擇。是不是從現在這個時間尺度回頭看，不要糾結在自己的運動傷害，是真的去反省作為一個運動者，作為一場運動，作為同一個組織的我們當時是不是繞過了什麼。不是要檢討個人，但這才是我們要怎麼一起繼續走下去的關鍵。但是，是不是開啟這個討論，就又是浪費在相對不那麼重要的事情上？應該要繼續往前走嗎？

B：佔領的時候就是一種小型的預演。在最後一個晚上我們其實有談到滿多了。謝謝承楷提出，過去一兩年我們確實沒有好好討論這些差異。學生社團並不是一個長遠的組織，畢業了就是淡出，組成永遠不同，我並不覺得要花太多力氣從組織的角度去回顧，但是三一八，三二三，帶給我們的教訓，那種第一時間去講說怎麼樣叫一個陣線，團結，背叛，扣這些很大的帽子，這些詞彙會跟著我們一輩子。重來的話，寧可當下都忘記這些詞要怎麼講，寧可就像是在沖繩那樣，大家不是什麼時候都能用中文對話，反而很好，人跟人之間好像多一點空間。這是平和的海給我的一種，算是啟發嗎？就算大家語言不通，真實的人跟人聚在一起是有意義的。我不是要否定承楷的感受，其實我可能要為組織內部沒有釐清楚，中間很多人淡出，社團也面對定位的困難，當時留下了這樣的爛攤子，是我要負責。最後一個晚上，要謝謝你們願意咎責。

A：語言是不是思想的極限？這陣子做功課，去到沖繩，看日文漢字都感覺很有力道，但也是這樣我想到之前看三里塚的紀錄片，那種很用力的氛圍，我不知道，是不是也會跟這有關。我也很謝謝學姊願意謝謝我們其他人的願意咎責。我那天有點不正常，被觸發到。裝瘋賣傻比較安全。但是我心裡對三一八沒有過去，大概是這樣。我想聽聽敏敏的看法，懂日文應該會比較深刻。

C：我感覺平和的海的人都很努力想要讓整個調性變軟，不管是沖繩還是濟州島，他們簡報的內容都強調在生態保護，視覺上也都是放一些植物動物，像是海豚、沙蟹等等。這或許也是面對歷史，或者說痛苦的一種方式吧。

D：雖然才剛正式加入社團，但我就是想找人討論這種比較幽微的心情。如果有人說「不要踩在受害者的位置上」，我還是很痛苦。被否定是一件事。假設我的痛苦與受害並不是那麼嚴重，可是加害我的人他們又為什麼能夠因為「世界上還有更大的殘暴」而取消了他們加害的責任，而我實際上成為了他們「因為世界上還有更大的殘暴，縮小規模以後再施加以我身上的殘暴，我沒有什麼好說的」這樣的被迫沉默者。很失語，很窒息。

B：真的很難。如果什麼事情都「這麼難」，如果「矛盾」是背在身上不可忽視的，而我們又要繼續生存下去，正視所有壓迫之間相互關聯，甚至這種關聯本身其實有一種集體存續的正當性。那麼，到底要如何不掉入到虛無的那個空間裡呢？我們要怎麼面對我們眼前這些「微小的痛苦」呢？D面對的是我們一直姑息的內部不正義。

A：載體，或者說容量，是不是不夠？我們只是很小的一塊，在小小的範圍內，百分之八十我們忙著成為社會裡的齒輪就夠忙了，如果不擔任這個齒輪而去做某些激進倡議或改革這種事情，我們做過就好了，那本來就只有極少數的人可以一直持續去做。交給真正的社會運動家去做。但是真正的運動家，像是D遇到的工會幹部，他們其實有房子在大安區，還是左派就交給不用繳房租的人去做吧？好，這麼說有點太諷刺了。我道歉。但我開始懷疑我們作為一個個人，真的需要承諾「社會」這麼大的東西，然後還要「運動」它嗎？但如果這不是我們的基礎，為什麼社團要存在，還是我們要先把求解範圍定義清楚。如果又發生大的改革運動，不就又綁手綁腳嗎？坦白說，我們班有人去企業實習，也遇到一些鳥事，但我感覺萬惡的資本主義組織有時候還比較道德。

C：我對這個問題沒有答案，但是痛苦是很真實存在的，我其實也對繼續搞運動有很多懷疑。只不過，我剛剛另外想到的是，照承楷一開始說的，如果有一天台灣也發生戰爭，我們現在煩惱的所有事情都會變得很小，到時候，就無暇感受這些痛苦了吧。應該說，到時候光是可以討論痛苦本身，說不定都可以不算是痛苦，而是負負得正，活下來就很好了。感覺如果到時候我們還能討論這些事情，也算是一種面對痛苦的方式。

B：對，我很同意你們說的，不過我想補充的是，即使有大跟小、集體跟個體之間的關係，那不代表我們現在對微小的痛苦可以減權到彷彿不存在，生與死是絕對的。雖然放大尺度來看，這些現象是週期性的發生。但對於我們的尺度裡，生與死是絕對的。相反地，大跟小是相對的。在還沒有死去之前，相對於「大」的「小」，我不覺得我們需要假裝那不存在。如果不在「小」之中去實踐，我們就認識不到「大」。不過，在那之前，很容易發生的會是遺忘，遺忘相對來說簡單很多。不想要記得的，不想要承載的東西，就讓它消失。

（確認D的入社程序&補交社費）

D：比起搞什麼行動，或者記憶或遺忘，我們跟大家介紹一個有趣的人體空間，比較可惜的是只有身體女性有這個空間。我常常都是這樣想像的，我已經把那些苦痛都放在道格拉斯窟窿裡了。曾經或主動或被迫塞到我們的腦袋裡或身體裡的所有東西，通通像是置入到道格拉斯窟窿裡面。所以那些感受還確實存在著，只是不那麼明顯了，那個空間彷彿就是為了讓我置放而存在。那個空間不影響我們活下去，其實如果不生小孩的話，一般人大概不會知道有這個地方。我們現在接收到了這些苦痛的歷史事實，我們不能假裝沒有，已經消除不掉了但也不會再生產這些事情。記憶沒辦法消除，而且我們都覺得這些事情是重要的，相互關聯的。我們就把它放在那個地方吧。

A：好怪，但滿酷的這個想法，身為一個生理男性，我只好先羨慕了。

（照片分享。）

（社課結束後大家一起去吃小林甜湯。）

※

瞥了螢幕右上角，這次花了二十四分鐘咀嚼。還早，還來得及。承楷一邊瀏覽，一邊避免留下編輯痕跡，這種「擔心讓學姊不高興」的心情，他越是咀嚼反倒越是覺得珍貴。

很久沒有這麼在乎別人的感受，即使是很久沒見的人。不，或許就因為是很久沒見的人，才會這麼在乎對方的感受也說不定。

待在連舉辦尾牙的福委會都要發標出超過一百萬案子的公司，如果在意別人的感受那就沒完沒了。他花了幾年把對每一個人敏感細膩的習慣磨掉。

至今，卻很難不想起「反對反對」那個只喊了一半的零落口號。那一趟，他最印象深刻的，正是在公民館發生的事情。其後在那霸的民宿裡，也是由他起頭，戳破彼此的緊繃，跟敏敏、學姊談論了社團從未攤開來談的話題。

這部分的記憶像是石頭的內部，具體說了什麼話已經想不起來，情緒的內涵卻牢牢鎖在核心。當年失控的低落感，如今已是穩固而老去的憂愁。

口號自然是不會忘記的。承楷不禁想著，到了現在，要喊出那聲反對，是更不可能了。我們仰賴美軍的保護，而美軍基地都在沖繩。這些理所當然的現實，十年前當然也明白，只是還想掙扎看看，身處矛盾的核心時，人會變成怎樣。他想，當年，他們三人應該是持這樣的心情。只是當年，說話跟不上想法，表情跟不上心情，語言跟不上行動所具備的意義。

簡簡單單用地緣政治四個字帶過，往後當然都是這樣。甚至這四個字，在業界也是很敏銳的主題。大國恫嚇來恫嚇去，小國沒什麼選擇。當然是這樣。

但是，每一個小人物都是可以選擇的，承楷自己選擇待在台灣，日復一日上班，就是一種選擇。如果以衛星俯瞰這顆星球，「我們」的大方向是一致的吧？過去在許多比較小的尺度裡，例如說幾個月、幾年內，在少少人數範圍內，被嚴肅視為分歧和鬥爭的主題，就像沙灘上的石頭大小那樣，仍然在同一片海灘，只是浪潮來的時候有些會滾得比較前面，有些會屹立在某處，終究是座標後面極小的小數點點位不同而已。承楷這樣說服自己。

同時，他為腦內浮現出「我們」這個詞感到有些陌生的驚喜。出社會後，「我們」變得很蒼白，通常是表面上相近利益的共同體，而絕不是情感面的共同體。

可是，他內心偶爾仍會召喚出「我們不會那樣想」這樣的句子。

例如說，工作幾年後，承楷很厭倦吃到飽式的自助餐，他覺得最悲慘的工作就是自助餐的餐飲工作人員，不是因為目睹食物的被浪費，而是會目睹太多毫不掩飾的極盡榨取的面孔。當主管跟同事說著自助餐有什麼難以取代的好處時，承楷心裡會響起「如果是我們，就不會那樣想」。

又例如，過年時大家買彩券想賭一把，或者用買彩券的心情買股票想投機賺一把，身處金融業的他雖能理解行為邏輯，但要說與那樣的人建立親密關係，不，說是深交為好朋友都很困難吧，因為「我們不會那樣想」。

如果是我們，就會至少帶有一點，批判的眼光吧？做決定以後，總會帶著反思，就算是妥協也要有個辯證過程。但是，誰是我們？

別再舉例了。這不是在做簡報提案。常被說無趣就是這樣吧。始終無法完全放掉的批判視角，會不會就是交不到女朋友的原因？

同事剛剛走來的時候，那個帶有意味的「唉唷」正在揶揄此事吧。沒錯，他晚上是要和一個異性碰面，很難說只是普通朋友，若說是老同學又太輕描淡寫了；但也絕非同事口中那種意味上的關係。大概。

在職場裡，外表跟氣質，不少人將承楷誤認為同志。平常他不想加入包含著大量「妹子」此類發語詞的聊天環境，對運動賽事亦提不起興趣，如果有個男生分數列表，承楷大概是在低標。

不過，這幾年，交友軟體承楷還是有在使用。也不過，這是悲觀的賭注，不理性的投資，回報率可能比彩券還差，共享的只是刮的時候會懷抱著一絲興奮，並擁有一瞬通向謎底的心情，無論那黏著殘屑的表面上顯露出何等的虛無。

糟糕，批判的迴力鏢總會回到自己身上，從襯衫的一絲皺褶處切進皮膚。這種時候，他不免會懷念年輕時，沒有錢可以花，沒有財富及其可能性的視野，只有身體和情感彷彿無限花用，無論是身體還是情感都很新鮮，任何的探索都是解放的道路，呼吸只屬於人與人之間的空氣那樣單純。

承楷覺得自己腦子裡有某個很久沒運轉過的區塊已經熱機完成，語言捲動起來的速度連他自己都感到不可思議。會議紀錄竟有這樣的功能。

他熱熱的腦袋回想著，性，是屬於青少年的最大的資產，而且那時我們很強調女性主義，個體的自由意志。他在心裡這樣想的時候有點沾沾自喜，剛才經過的同事應該沒想過這些事情吧。

有一件事，他只跟學姊說過，就是他曾夢見替另一個社團的學長口交。學長毫無疑問是同性戀，如果謹慎一點說，至少也是雙性戀。至於承楷，以他的自我釐清歷程，即使絕對不是主流的陽剛氣質，但若對他所看過的刺激性素材來做統計的假設檢定，應該會顯著地反駁自己有同性傾向這樣的虛無假設。

所以，身為異性戀，對於那個夢，其實主要是驚恐的情緒。要到許久以後，他才能珍視這樣大抵為異男的自己，確有讓人驚喜的流動性。

如果不是學生時期在這種環境，得以探索，得以試誤，得以談論灰色意識裡面不明不白的性慾，並且大致上沒有後顧之憂地去找到探索與嘗試的對象，這個經驗遲早會變成一團憤怒或爛泥般的自我厭惡吧？

當然，沒有勇敢到與學長進一步互動去做肉體上的假設檢定，但那確實是個可以流動到各種情慾個體去擴大樣本的場域。

而且，大學時候在社運圈的談話與實踐，固然有著原始慾望之類的東西，卻也毫無疑問有著比性慾更多的知識上的好奇。這些，都不是剛剛那個同事、或者掛上月曆的人可以理解的世界。

要是跟別人說，大學時候我們跟人曖昧或跟人睡覺，就是跟朋友一起吃飯或者跟朋友一起去吃到飽自助餐那樣的區別，不知道還能面試上工作嗎？

承楷輕輕搖了頭，想太遠了。

話說回來，當初以為這份工作會用到統計。如今，不管是標準差或回歸分析，還是解構或流動性等等概念，實在都不敢說懂。只有名詞本身倒記得很清晰。

不知道想去哪裡了。十月。學姊的生日是這個月份嗎？不知道。看看右上角，赴約的時間還早。承楷想，再看下一份就好。

學姊主動發出訊息說想見面聊聊，時間跟地點讓承楷挑。總覺得餐廳會太過嚴肅，於是選了稍有價位而能抽菸的隱密酒吧。

時局動盪，市區的氣氛卻異常亢奮。酒吧這種空間好像正是專注於當下而不論明天的場合，所以絕對要預先訂位。

上週接到見面的邀約，承楷還翻出了衣櫃裡，十年前一起去石垣島的營隊紀念上衣。現在不穿，不知道什麼時候才會穿。幼稚也無妨。都什麼時候了，想做什麼就該做。

擔心認不出學姊現在的模樣，這一週來，他也經常點按著社群軟體，看看有沒有比較近期的照片。那種時候，常常也會想起津鳳學姊，記得她們兩個長得很像。然而，大二以後只剩下悅悅學姊。悅悅學姊在那事件之後也變得不太一樣，雖然說不上是哪裡不同，或許現在來看算是憂鬱症或什麼精神症狀嗎？那一兩年社團裡面大家說話措辭都很謹慎，壓抑並學習著該如何共同渡過那段時光，最擔心的就是她也會像她一樣。

那時候活得既矛盾又辛苦，卻也好真實，只像是昨天。

再看下一份就好。看看浮在上面，比較新的筆記好了。

※

tags: `社團` `共識營` `2023_9_w1`

#「招生策略暨社團營運方針」共識營議程

1. 幹部改選
2. 社費與相關行政工作
3. 下學期社課安排：內部帶討論&校內老師帶讀書會&外部議題座談
4. 時事處理原則的共識：以俄烏戰爭為例
5. 社團定位的初步激盪：取捨「進步性 v.s. 國族主義」

※

闔上筆電。承楷走向樓層共用的廁所，那裡因為擁有位在轉角度的寬敞高樓景觀而受員工歡迎。

洗手的時候，他還是想不起稍早一份文件裡的D的本名，只依稀記得D在大學時一直有從事抗爭相關的活動，卻是很晚才加入社團，所以大家跟D比較不熟。照著鏡子，用還有點濕溽的手抹平上衣的皺褶，左右兩側拉齊衣角，肚腹比當年凸許多。

是說，有些題目不管過了幾年都會重複啊，承楷這樣想。熱風吹乾了手。歷久彌新的議題實在是太多了。學姊是要找我聊這些話題嗎？如果是的話，我現在也能夠跟上了。這就是會議紀錄的功能吧。

離開廁所前，他再次從那轉角的窗戶往下望。總會有種自己浮在空中的錯覺。或許因為每一個明天都更加不確定，所以今天跟昨天之間就變得更近了。如果未來是廢墟，過去的一切無論好壞在記憶中都變成加權的存在。尤其是像我們這樣留下來的人。這是我的選擇。他想。

回到座位時，幾乎可以肯定辦公室只剩下他一個人，深灰色的空間裡完全沒有人的氣息，只有迴路整棟高樓的冷氣拚命充斥著四周。月曆靜靜掛在隔板上，似乎被冷氣吹動而掀起了一小角，像是微笑。他想，差不多該走了。

承楷已經在廁所把襯衫換掉。這樣待會就可以直接赴約。下電梯前先披上平時上班穿的西裝外套。這個天色，走出一樓大廳時還不至於過於突兀。

差不多該走了。那些黑底、白底介面上的詞彙和符號塞在承楷的腦袋裡。走出室溫永遠低於二十三度的空間，他想著每週一到週五，電梯把自己跟周圍的人送到高樓，為了維護現代金融秩序，維護資本主義的運作。沒有同伴，沒有敵人，沒有任何高昂的情緒，只有疏離的數字跟語詞。

那些日子跟今天的感受不一樣，走出電梯，衣服上的符號與符號所纏繞的植物動物，在西裝裡面微微閃動著不被任何人看見的光芒。

※

那麼多的酒吧，那麼多的咖啡店。學姊說她住在這附近，今天走進去這家店她才知道自己是比阿西還要更阿西的人。承楷說這是他每天上班經過的區域，來過幾次，但是今天不必穿襯衫，覺得格外輕鬆。

不過十年。或許是認識得早，時光的風霜沒有想像中明顯，也或許是在社群媒體上早就一直在看見彼此變老的照片，而不感嘆面容變化。現實並沒有想像的可怕。

不是泡盛也不是Orion。

從前叫做卡斯特的菸已經漲了好幾倍。

「幸好當年我們沒有把彼此的臉書刪好友。」

「只有刪掉噗浪。」

「那又沒差。」

「那差最多。」

從英文歌詞切換到另外一首轟轟鬧鬧的日本曲子。提問，開很多玩笑，回以很多批判與很多記憶，那顯得比玩笑更加玩笑。他們知道，後面其實任何一句話也都不重要。

只有熄掉了菸，喝掉了酒的瞬間，稱得上是一點點的解放。

鬧鬧轟轟的聲音聽起來都一樣。酒吧，咖啡店，離「我們」的世界最遙遠的人也會踏進去，說不定「他們」也是為一模一樣的理由而來。喧鬧，於是免於沉默。直到想起下一個談資為止。

承楷說，他玩了一個獨立遊戲。學姊不玩遊戲，所以承楷比手畫腳，兩手指仿擬人物在捲軸遊戲上走路。學姊專心聽他說。

這角色是殺手，可以無止境地在都市裡面遊蕩，像是過另一版本的生活，可以駐足看藝術品，也可以到藥局裡買藥。除了遊蕩，遊戲任務是開槍射擊所有敵人，這點來說，當然歸類成射擊遊戲。每次任務開始你都要扣下扳機。

沒有魔王。遊戲的一開始，你就要在月曆上選一個日期，那時候，作為玩家的你並不知道選日期的用意是什麼。你只是在選完日期以後，被丟到上一個月份，進行城市遊蕩跟射擊敵人的循環遊戲歷程。而在一輪又一輪射擊了如潮水無盡湧出的敵人後，在一輪又一輪遊蕩的生活後，直到最初你無意間所選的那個日期為止。

正是那一天，你會回到房間，原來任務走到尾聲了，這段時間。就像每一次任務開始，你都要扣下扳機，就像你在遊戲中已經做過無數次的動作，玩家很容易想像，遊戲的結束就是這樣，作品的寓意就是這樣。槍口對著自己。

槍口對著自己。是這個遊戲的結束。但是，如果你一直不願意扣下最後一次的扳機，在房間裡。過了很久又很久。這個遊戲作了弊。如果在房間裡過了很久又很久，你自己，埋首在你的手中。

遊戲也會就這樣結束。「其實你可以不用死。」

杯裡的冰塊透亮，穿過玻璃的酒杯與冰塊後，黑壓壓的仍只是一塊髒污的石製桌面。兩人的菸灰偶有一些從菸灰缸周遭飄飛到桌面上。

落地窗外的天色已近乎全暗。高低錯落的大樓樓頂閃起一顆顆紅光。

七、週期

噴發的聲響不均勻地在四周響起，但是你覺得機場從來沒有一次這麼安靜肅穆，即使人潮眾多且物事混亂，那喧囂之中卻有一種絕對的寧靜。你們是不是都明白到，活著本身即是運氣，並且好像擔心那運氣要是輕易說出口的話可能一不小心就會溜掉那樣，所以謹慎地以沉默抱住這個運氣呢？

離開以前，你只慎重向一個實體告別，就是你過去不特別察覺，往後也不特別忘記的房間，以及與你的房間相像，一點一點布置在城市裡，原本就老舊而瀕臨殘破的步登公寓們。你覺得，它們無論如何，就是到此為止了。除此之外，你沒有向任何人，任何事物以慎重告別。

轟炸聲響起以後，你走了。就像從前每一次抗爭的際遇，你不在最前線。你不知道，你何德何能，來到這座古老且嶄新的城市，東京。

你沒有想到會再見到大學長，那名熱血的大學長。多年後在這種情況下。你沒有想到在短時間內會再次見到承楷，卻是在不同國家。你想起Okinawa，想起Ishigaki，想起Naha。想起那時，承楷開了一個玩笑，說台灣之於北京，是不是沖繩之於東京。

早一點前，你沒有想到你真的會從那老舊的公寓，搬到數十公尺外，市府的停車場。不是地震，但在底下的你是如此擔心樓房倒塌。你沒有想過，你生活周遭有著那麼多生命，且每一個人都是同樣脆弱。宣稱是意外，宣稱是非意圖攻擊的數聲巨響，火光。你沒有移動的工具，也沒有強烈的移動意圖，你有疼痛，卻也有到此為止的念頭。但你沒有想過，會目睹人們的受傷，以及淚水與呼喊，出於人們所經受的傷害與離世；那讓你想起十幾年前在立法院議場的半夜，臉書，新聞，你打電話問醫院。你們離行政院只有幾步的路程，卻離警棍那麼遙遠，而更加放大了想像的恐懼。多少人受傷，有沒有人掉了性命。而今是這樣的記憶回來了。成真了。

因此，離開現場，你再一次背負倖存的腳本。學生時候的營隊對話裡，你記得你回覆承楷以一個問句：台北跟北京之間的關係，怎能和沖繩跟東京之間相比？你們年長後再次相遇，核對，當時確實是熱愛著這樣的遊戲，抓到名詞就拿來比，不管背景，不管脈絡，然後再進行對於這種無分背景脈絡的自我批判，然後一切兒戲。對的，當時你們接下去想到的，一定是另一群錯比，議場內跟議場外，立法院跟行政院，還有一些更為不合時宜的，生與死，幸運的受害者倒楣的受害者，私立大學的運動者和國立大學的運動者。因為那時候，你記得你收到割腕的自殘照，血淋淋的紅色，認識的某大學社團成員，對方控訴你的理由即是，太陽花奪走一切對於運動的關注，亦即奪走對方社團努力耕耘的議題所該獲取的關注，而議場內的人如你，象徵著太陽花學運的幹部，該為此負責。該收下血淋淋的照片。不，不只這樣，對方是說，希望你們去死。是這樣直接。對方己所欲施於你的照片，示範了這個決心。

年少之時，對於這個訴求本身，你不在意。這是比對方更加荒謬之處。

但，那都是過去了。直到投身於他者以愛，數次的地震，以及離開，萃取後的轟炸聲響，至今。你思考著自己，從未執著於待在議場，留在台北，來到信義區，去到東京。但是，機運與能動，你坐落在這些地方，做了選擇，選擇沒有離這些地方而去。你得接受，你是這樣的一個人。嚮往被安全的集體包覆，即使那包覆之中有刺，也比窮困與孤獨要更好。片刻的歡騰，資助你編織自身生命裡意義的空洞。往後的編織素材由不得你。你也得接受。

另一件你沒有想過的，是戰事所帶給你的情緒，竟不只恐懼與哀傷。而這是往復的問答與幻夢的週期以後，你才看得清楚的自我。

你曾經，不再期待醒來，只想自身若幸運睡去，就隨意識煙消雲散。你想過，你希望隨著一切毀滅，任何物事都毀壞，想像海水上升至你的額頭飄起瀏海至頂的冰冷，才接近你的存在狀態。既然是不熟的他校學校社團成員都能對你有超連結的深刻憎恨與報復之心，你又何嘗不能幼稚地吶喊一句，期望世界全然毀棄，畢竟你什麼也不在意。是到了往後的一段時間，戰火跡象出現，威脅加深之時，你一點一點，以某種近乎原諒的情緒，慢慢鬆開手裡你所在意的，發生過的事情。你看見了，周遭更多的實存生命，跟你一樣不來得及或不選擇在更早之前離開市區的人。你發現原來裝載記憶的土地已經是你的意義世界裡，最足以代表你所愛過的那些。原是簡單的情感，像我們隨時可以唱出口的那些過去的歌。不，那不全然是你內在的頓悟，而是Eartha在你身邊給予過的，並讓你學會給予的，使你整好了重新萌芽的土壤。

地下室裡，震動與聲響，一切不可言說，不可記錄。大多行動都是自知無用。賦予過多意義只是越在乎便越痛苦。可是在這痛苦之中，因為巨大的無能為力，你反而解放了，那個總要對抗集體的自我抑制，對抗荒謬的殘餘心情。

在恍若幾十年漫長般與陌生人共待在停車場的陰暗時光，回憶像是夜燈那樣一段比一段明亮清晰。你複習了所有你想到能夠複習的，沒有成為文件的記憶。

二十多年前，津鳳自殺以後，有一本日記，有一篇遺書，但你什麼也沒備份，因為你要寧可她，而不是記錄她。就像今天。就像今天以前發生的崩塌。

你和津鳳，同樣受過那已被重述至人間厭煩的暴力，且同樣察覺致力於人間進步的其中個體亦是，善於施加。你們同樣倖存，卻又對自身莫名的倖存有所抗拒。你們同樣提問。因此你們之間的連結不必符號證成，已然深厚。那其實只是短短數年的記憶，佔比當前人生的一角，留在你身上卻是又長久，又比什麼都還鮮明。因為你認為自己曾經，有機會，讓事情不會發展成這樣。

同為崩塌，同為轟炸，早在十幾二十歲，於自我的世界。於自我的世界。如果能夠並列。現在，你當然已經知道，人，無能提出此種反事實的假設。人能做的，只是在這樣的火光與巨響之後，想辦法讓自己存活，不問理由。

鞋底磨光，你揣摩一段路程，直到腿力將盡，物質不再支撐。那段路程裡你取消自己，成為了她，你對外在於你們的世界，有著相對剝奪的感受，消極而不抱希望；而這樣的感受，如今總算走到盡頭。是因為你活得相較更久一點，才能回答：不同為崩塌，不同為轟炸。不因事由，不因輕重。只因為你走過了一些，且還有一些尚未經過，如果重新穿回你原本的鞋。

你把自己放回到校區，在停車場的長夜。

什麼都有可能發生，所以別去想像任何更糟的事情了。即使無法說服旁人像你那樣冷靜。你是真正這樣相信。讓意識不斷地，穿過二高，下到校區。

數十公里外的校區教室裡，你們的系喜歡論集體，論集體之下的個體能動性。即使因為頻繁太過而使得詞語貶值，你們還是相對而言，對此比較相信。那時，學系裡有著對權力關係有高度敏感的老師，對分際通常沒有執著的教室，各種各樣的同學，其所構成比家庭更鬆弛而更包容的環境，扎實構成了你內在的一個意識的小客廳。小客廳裡，在你被未知與恐懼環繞，且乘載著複雜記憶與情緒的時候，響起這句話：「不是集體與個體之間的struggle了。」那就是討論課的語境會出現的話語沒錯，你們的文本如此西方，像是口味特殊的雞湯。

那一瞬間你回到停車場，有一隻被帶進來的大狗走到你面前。看向大狗時你的神情柔和了。主人喚了牠一聲同是英文的名，牠便又走回牠主人身旁。

往復的問答與幻夢，你是慢慢將這些記憶一點一點撿拾回來，標以意義。原來去到他處，就剝離了你原可解讀可怪罪的集體投射之物。

此後或許，沒有人再能夠能理解你的小客廳，或能理解你曾帶著亡友而行走的理由，或有關於轉動的地球儀與櫃子裡的圖畫如何帶著你行走。你只是看見崩塌，因而看見生的風景。

但是，有人知道你曾經投身運動，進入政府，依戀群島，與此有關的人際連帶，那都是你原先無可得知，卻對往後的今日有所影響的際遇。

你彷彿卻也為此準備好了。自死的慾望，在轟炸聲響時，使你並未把恐懼帶在身上，並產生另一種幾乎取而代之的情緒。那情緒，如果試著描述，近乎你第一次上街、綁鐵鍊、警棍落在身上、身體抬到車上、奮力舉起手牌、往封鎖線外斑馬線、在商街轉角拿起麥克風、指揮著人群爬過欄杆、喊話與拖延警察、在喧囂裡失聲的時候所感知，鮮甜的憤怒。

※

記者定時來訪，帶著他從身體軀幹衍生出來的一本小冊子。你說你「害怕社區的紋理」。當對方露出疑惑的表情的時候，你用手指著牆壁上因為地震而留下的輕微裂痕。去到東京，像個相對意義上的逃兵，這樣的情緒，你也得要在國外生活一段時間後，才能夠釋懷。那是一種膝反射的愧疚。

為了受訪，你要將記憶放回到飛機，逆行當天在台北。你回想地下停車場裡有許多老人家，也有像你這樣的青壯年。你想起從前在抗爭的街頭，物資匱乏，彼此感傷互助，腎上腺素讓行為與行動可以持續，休息時灰頭土臉躺著的地板總畫著交通標線。那裡，光很稀薄。但是他們把電源留給你。你快速打著字只為了最快速傳遞正確的消息。你沒有想過這項能力可以發揮作用，為你在這種時候贏得信任。你不能不因此回想，許多年前你所參與的抗爭現場。當你走出停車場，看見一條電扶梯被折斷，一間百貨公司破了洞，你想起從前怪手搗毀普通人的家園。但是，你有一種近乎釋懷的情緒。正是在這種超出恐懼或悲涼的情緒之外，有這種奇特的釋懷與平靜，鄉愁才有空間萌生。

你已經離開那裡了。

這裡，已經是這裡了。這裡乾淨，乾且靜，不同於所有過往你住過的環境。同時冷，冷於所有過往你生活的地方。能夠放心悲傷，連同過往虛化的悲傷一起打包而能悲懷，空白而正當的掉下眼淚。然後工作。

在這裡你沒有完整的公民身分，但你會強迫自己出門。記者告訴你，維持正常生活本身，即是一種反抗。鮮甜的憤怒。你重拾了此種反抗。出門，固定時段，前往公共澡堂，你像是入境隨俗，養成了習慣。這符合你想像中的，或許刻板印象的，入境隨俗，與在地產生關聯的途徑。

全裸的浴池，讓你想起從未懂過的書上詞彙，裸命。這場景是你唯一能夠喜歡日本之處。因為最一開始，你是跟津鳳一起經歷過的場景，在Okinawa。即使當時，對這個國家，這個群島，有太多誤解與誤認；但也正是此後不斷探問那些錯誤的根源，你才會與這一切人事物持續保持關聯，幾乎是直接導致了你會被挑選為來到東京做此一民間倡議網絡的工作。

後頸已經感受得到頭髮。你照了鏡子。打從史前時代久遠般地離開立法院議場後，就一直維持的短髮，後來因為遷徙而中斷了剪斷的節奏。

春天帶有一點寒氣的傍晚，比台北還要冷上許多。不敢想像目前的發展是不是真的已經轉向故鄉。你希望是。

你在東京，像是上班，那樣日復一日工作。組織裡一名負責統籌國際事務的組員是香港人，是Eartha的朋友。你的組別，要對接沖繩的分部。

你想起公民館，想起店長以氣魄的聲音在海灘上指揮大家收拾營火留下來的東西。想起第一次見到Eartha，你們身後那片白噪音。你想起你跟津鳳一起被丟包，反而重獲一段美好的，可惜是最後的行程。

你幾乎是膝反射答應這樣的任務。膝反射的體質，是你們大學時期作為衝組的自嘲用語。這個用語留在腦袋裡，就像膝反射一樣改不掉。你果然仍是一個，在運動裡期望被需要的自己。

澡堂的更衣室，你發現該要用髮圈把頭髮紮起來。指腹壓住幾束半短不長的髮尾，如往常一樣，小動作，又把你抓回最後在台北的時光。

※

從地下室的停車場出來的時候，你想起Eartha的面容，眼前一片模糊，你竟可以慶幸她不在這裡，或者你真正慶幸的是她在此前將與你的關係斬理乾淨。對於自身的存活與逃離，以及對所有還未逝去的，其實是多僥倖。回過頭，你告別的只有舊公寓裡的老舊小房間，所有的物品。急忙上了車。又換了車。搭上飛機。降落的時候，你的雙耳像是受到迫擊，像是左右各自代替了眼睛，垂降兩側的細流，你平安地脫逃。你才剛從一場無人知曉的內在鬥爭之中逃脫，又再從一個大的外在衝突之中脫逃。若非如此，你不會認可你所置身的共同。沉默。正是沉默讓你們連續而深沉地呼吸，來到新地。

從地下室的停車場出來的時候，走上的是一個坡道，你注意到停車場外有一個顯示剩餘車位數的面板，照理是壞了，卻還是亮起紅光顯示了數字。可能是幻覺吧？紅光為什麼在那個時候明顯亮著呢？在地下室待太久肯定出來會有幻覺吧。自從你搬到信義區，屋況老舊近乎危樓，房租不漲房東沒差你也就不搬，所以你常步行經過停車場，看到車位數的顯示板。有一次，日常的承平時刻，你看到剩餘車位數是三百一十八個，生活中這樣的巧合真是無聊到不行，卻將那個畫面深烙在心中，感到羞恥及迷信。走出坡道，你甚至短暫回想，如果沒有太陽花，沒有其他的抗爭，沒有之後的政治局勢，是不是就不會有現在的狀況。就像你曾經幻想，如果津鳳再撐一點時日，參與了太陽花，結局會不會有所不同。想起學運，學運對你來說從來不是太陽花，而是社團，是你周遭同樣脆弱而敏感的生命。在轟炸聲響以前你就得知社團裡有學弟妹成為前線的反抗者。此時你想起你們曾執著於無謂的年輕人之稱。你們其實都是我們。我們已沒有了你們的勇氣，你想過。而其實，走出停車場時，見到恍如隔世的北市府與商辦大樓，並不如腦子裡的場景所崩潰那樣的倒塌嚴重。只是招牌與電扶梯觸目驚心。大樓在你身旁，仍在。據稱是意外但無可證實的波及，透過手機傳送出去的圖文消息，實際在眼前，不若地下室中所想像如真正末日。末日一詞，廢墟一詞，原來至此，還是太過了。固然，對城市的打擊，下一步會在哪裡還未可知。但，你要走了。你腦中閃過的還有，承楷現在安全嗎？他日復一日上班的高樓建築，並無毀壞，你祈禱他已安全疏散。敏敏幾年前到國外居住了，不會有事。小筠，現在是不是依然背著相機呢？那些你所親近與疏遠的人們，總在邊緣戰鬥的人們，現在過得如何呢？車子發動那一刻再次回頭，停車場外的數字板，什麼字也沒有。你抓著手機繼續傳遞著消息，那是居民給你的電。從以前到現在你都負責做紀錄，你可以辨別消息，你還能做一些事。車上的人說，即使離開這塊土地，你也有另外一些，你一直擅長的事情可以做。現在你也大抵這樣相信了。Okinawa。Tokyo。

坐上車時你借了一把小刀，把黏著灰塵與髒污的髮尾切除，像是切除了什麼。當時你還不是那麼清楚究竟是切除了什麼，只覺得脖子獲得一陣清涼。周遭的聲響慢慢退去以後，你覺得彷彿自肚腹，有沉沉的鼓與低迴的樂聲。

現在，你要維持日常，工作，上澡堂。你才發現，頭髮又已經留得太長。

靜寂的飛機，直到降落時，你曾經感到不平衡的雙耳，在有如流淚般的壓迫感後，達成同聲。你的喉嚨，跑出一段氣若游絲的旋律。

澡堂。

外面錯落的水聲逐漸轉小。走進更衣室旁的廁間，你用水順一順髮絲後，拿起澡堂櫃檯買的髮圈，圈起那一段過長的髮尾。

那時一陣寒冷卻溜過耳後，你不住環抱自己。公寓與停車場與數字板與飛機，消散在把自己抓小的那一瞬間。

回神，你將水轉熱，將雙手再次放回那浸泡之中，像是你多年前在議場廁間的洗手台，一個人放出溫熱的自來水，以短暫地擁有那獨自的僅僅安撫。再盯著鏡子，你卸下髮圈，並決定再次，讓髮尾回到脖子上。那段旋律，像是透著熱蒸的霧氣而到了嘴旁：tī tsit-ê an-tsīng ê àm-mî……

※

身上除了置物櫃的手環鑰匙以外，沒有任何一個物，像是出廠設置那樣地活著。縱然有些人聊天，大抵還是模模糊糊地一片安靜，比起人聲更多的是人們以木桶把熱水舀起再倒出的刷拉刷拉此起彼落的水聲，起身出水表面時的微型破浪聲，從身體們流滴至地下的濕答聲，輕柔的桑拿房開關門聲，從置物櫃拿放毛巾及寶特瓶的碰撞聲，水池裡按摩水柱啟動的滾滾波聲，孩子偶爾的提問及感嘆聲，沖澡區蓮蓬頭跟臉盆正被使用著的聲音，屬於熱騰霧氣裡的那種任何聲音都過一層濾鏡的含糊的音質。有一段時間，你的左耳所能聽到的音量小於右耳，後來是哪幾次的聲響與起降，讓你的雙耳壓迫卻導致平衡。無論如何，澡堂這個地方，聽不清楚也沒有關係。沒有人會注視你的表情。只有水與你自己的身體。

下一次，則必須暫停。

這是月經來的第一天。不，是東京來的第一天。

原來你已經那麼久沒來了嗎？

海外工作的特別會議，你見到當年籌辦平和的海營隊的店長，聽到對方的口音。正是那一天晚上，停了許久的經血汩汩來到。

你的房間沒有生理用品。離開台灣後已經連續一段時間沒有來。你不得不暫停澡堂的行程。那時，你會穿上長裙。你記得第一次去沖繩的時候，津鳳的米白色長裙尾端，被踩得有一些污漬。

來到東京你就不再寫日記。但此時，如過往週期，你又感覺到必須標記些什麼。你原本有一點僥倖心情，說不定自己會提早停經。這一天，你寫下遲來已久的心得：「我以為不會再來了。」

※

tags:`Diary_Tokyo`

我以為不會再來了。

很多週期性事件：侵略。統治。抗爭。鎮壓。集結。動員。

※

關東煮老闆在地震時說「這個不錯」。

你一個人的時候，實在很少吃超商跟連鎖店以外的食物。

關東煮店的天花板邊緣滴著水。這個幾近開放式的用餐區，老闆一個人，若是沒在備餐就勤於刷洗環境。冰櫃上有眾多十四代，狹小櫥櫃上擺著沉穩而多角的碗盤。

吃到一半，從門邊跨進一個男人，接著是一個男孩與他的父母姊妹家人。奇形怪狀的空間，來者幾乎都是認識的客人，才會聽到老闆說了「一個人開大鍋太累」抱怨，可以想見過去並不是現今如蝸牛殼般那麼小巧簡單。

結帳時整個殼都在搖晃。「這個不錯」長髮而對陌生客人寡言的老闆並沒有看著你，卻在凍結著準備要遞五百塊找錢給你的時候，說了這樣一句輕率而從容的話。你想起，你曾經被戲稱地震儀。

高腳椅上的男女是很好心。如果不是他們看到你的動作，替你向老闆說你要結帳，你可能要等地震後才敢起身干擾這獨立運轉小世界的秩序。

承楷在一旁看著你，「就跟你說要多出來活動吧。」如果不是因為承楷的邀約，你還不願有這麼多練習聽力的場景。搬到異地不得不如此。你必要說起日文的時候，你會覺得自己現在，更像是敏敏一點了。也許敏敏在進入社團這個圈子的時候，也像你現在在日本所感受到的，怯怯的疏離與自卑吧。

夜晚乾淨的街道上，你們改用自在的語言及聲量聊天。

你們想起敏敏，當年她才是真正進去行政院的人，以個人的公民身分跟肉身承擔過暴力鎮壓的人。你們想起敏敏總會輕輕甩到脖子這一邊與另一邊的馬尾，想起那個秋天曝曬之後仍然要擦蘆薈霜，否則曬傷難以平復。

敏敏在嚴肅的談話後裁定一句再也讓人接不下去的話，你們記得那跟敏敏平常在社團裡扮演著大家的和事佬角色截然不同。來到異地之後幽微的差異好像就會被放大。你們記得。

敏敏離開了承楷，Eartha離開了你，你覺得這之間或許有一點相關。也許承楷也曾經變成了誰。你不知道，似乎沒有必要知道。

越是巨大的困惑，好像越沒有問出口的必要。

現在竟又同屬一個組織。承楷負責的那一組處理財務。你知道，這是他的選擇。

※

tags:`Diary_Tokyo`

與其說，與其記錄。

要盲目活著。

※

「啊，這軟體好像真的要壞掉了。字都顛倒過來了。」

去年，你們在信義區的酒吧碰面。那時候他說很驚訝你會約他出來，你說你從噗浪上別人的轉文知道你們其實生活圈很近，而你，真的很需要人聊聊。

你一直記得那個遊戲。

你埋首。在商區裡。很久很久。

記者說曾訪問到另一個提及Sunflower的人，原來就是承楷。你們曾經掃興地走上各自的道路，如今你們彼此重疊的卻比誰都還要多。前前後後，陰錯陽差，此後已經是完全不同的世界，你們卻像是同時進入另一個遊戲。

扭曲的青春被濃縮在文件檔案之中，現在卻成為你們能夠在東京最聊天的話題。這個筆記軟體恐怕快要壞掉了，編碼混亂，基本功能已經不再維護。

「沒關係，讀個大概就好。」

原來只要有另一個人共享，那段時光就像是被凝結起來一樣，是過去的記憶之中，最反日常的一種。所以反而對現在來說，最不觸景傷情。

筆記檔案的標題一長串，是進入新的遊戲前的，前半生命的事情了。奇怪的是，你也不記得D是誰了。校園離你們好遙遠。沒有一件不值得懷念。

你們就像是旁邊座位的日本人的週末模樣，覺得能在當前的工作中擁有這樣的午後，得以談話，如同真正的生活那樣短暫放鬆，奢侈而日常。

「記憶跟錢一樣，幸好被存起來。」承楷從口袋掏出一包涼菸，遞出一根給你，你接下來了，抽菸這件事在經歷了彼此劇烈的人生選擇，社會劇烈的變化以後，莫名被延續下來。他繼續說：「不就是為了保留到現在花費？」

活下去的前提好像這麼理所當然，只要擁有過去。你曾經持完全相反的立場，想要徹底拋下過去。你按下防風打火機。人的立場是有可能改變的。

你深深吸進去這副身體裡，再長長地仰頭吐出來。呼吸有可能這麼立體地存在，這麼奢侈嗎？你用挾著菸的同一隻手滑著手機螢幕，無名指輕輕在螢幕上點按一份文件說：「記著就好。」

在這間昭和風格的，少數可以抽菸的咖啡店裡，吃著看似有點不合時宜的布丁，吃幾口後，又抽了幾口菸，把菸灰點在一旁的菸灰缸裡。

你已經知道這會是你日後最懷念的一個下午。

結帳。你發現老闆原來在一旁聽到你們的對話，辨識出你們是台灣人。

那是當然。兩人說話，尤其聊到過去的時候，轉回中文交錯著一點台語。這是你跟承楷相遇僅存的生活時刻中最大的收穫。你拿回了你們所有的語言。

在東京的日常，你出於媒體報導的偏狹，出於某種尷尬擔心有不同陣營者的情緒，出於擔心自己被視為難民而給人添麻煩的心情，很不希望被認出身分。出外吃飯採買的時候，總希望趕快交差，結束種種的日常對話。

但，今天是一個特別的日子，你們都背著平和的海的帆布袋出門。出門的時候，你就預期可能因為這個明顯的符號，會增加與人談話的機會。

結帳完以後，老闆微微低頭，以日本式的內斂謹慎，說出：「你們是台灣人對吧，這陣子以來辛苦了。請繼續加油啊。」

老闆說，他們都記得過去台灣幫助過日本好幾次，所以他們本該站在這邊。原來事到如今，還是有人這樣想。原來事到如今，我們仍要麻煩別人。

互相。hōo-siong。你想起這個以台語說出總比中文還要更傳神的詞。

站在你們這一邊。你們也要好好地，站在你們的這一邊。

你們這次用同樣的節奏，同樣的語氣力道，說出了向對方道謝的話。

ありがとうございます。

to-siā。

※

等到你終於能夠打一通電話給Eartha。

不要寫字了。我想直接跟你說。

謝謝你收我的信。

謝謝你寫信給我。

多謝。

多謝晒。

八、校區

虛擬的物事也會有終止的一天，就像具體的物事。你換了八本月曆。線圈與紙張交纏著。將這些具體的重量放進行李之中，每年都會多增加一些。

其後，你喜愛紙張，筆與墨水，像是更早前的一輩。而你也活到這樣的年齡了。無論什麼樣的Period，什麼樣的Cohort，都會迎來上升的Age。你記得你第三喜歡的課堂叫做「生命歷程」，A、P、C是三種時間的作用力。

津鳳沒有來得及修這一門課，因為這堂課開在大四上學期。多年以前，圈子裡裡外外的人所日日夜夜度過的二樓，津鳳也不在那裡。

月曆翻到特定頁面時，割出兩條透明的痕，那僅是情感所殘餘的物質，而不是真實。任何的變化，任何的選擇，從不是一個單獨的時間點，不效力於年月日的鏗鏘有力，而是在意志與隨機的翻頁過程裡，雜沓地，低聲辯駁著我們記憶事情的邏輯。

就像學運不是太陽花，學運是社團，是以校園或社團為名所劃定的那圈沒有邊界的圓弧，所包含的一切，對你們而言。學運是置身於校園的一切狂暴，伴隨狂暴總是再不可重現的美，無可被詮釋的動機，以及絕對的抹消以細小的人類尺度發生在這圓弧之中。

如今，你迎來四十四歲，這樣的歲數或許也沒有特定的意義，只是月曆翻了頁，換了一本再一本。回應年輕時的自己以確認了年輕的結束，即回以靜默。如果能說一點，你會說，如果沒有崩裂，如果沒有毀棄所有基礎，過去的頁或許翻不過去，你知道嗎，事情是真的會過去。

因此你的臉，疊了數十年的圖層，時間怎麼作用在這副肉身，你在重拾了紙筆以後便能確鑿地數算。

當時的你並不相信事情會發生。再後來一點你仍不相信事情已發生。相信，不是一蹴可及，也不是非黑即白的。

離開，再回來。原來週期循環可以這麼久。地覆之時，竟反而找到繼續下去的動機。內在不一致，外在沒有可比性的週期以後，你才會知道並沒有任何一種分類跟規範方式，可以去整理當時的衝擊。人的逝去，不化約為脆弱或者強悍，不是價值判斷，也不是行動的意義。

再回來，你還是要重問，社運的內在規範，在一時一地，對一個十幾二十歲之人的影響，竟可能有如暴政，或如煙硝嗎？學運後的兒戲鬥爭之詞，可能坐實在破損的個體之中嗎？

你知道要在最初做出這樣的提問以後，翻頁再往後翻頁以後，才能明白這種重量錯位的概念並置，劃出巨流般的認知壕溝，像是一個人與另一個人之間的相互理解。但是，這種明白，是必然索求個體時間的運動來交換，必然訴求感官見證過絕對數量上的更多，無論洶湧或平靜都無盡起伏的水波以後，才能逼近。是年齡。年齡的變成，是存活唯一的證據。

如果真要回答，將時間的波流暫擱於一旁，你所給出的，會是老爺爺剩餘的歸類，沒有標籤的分類。你仍懷念社會學式的解釋；如果解釋不適，也是被社會學拋諸到剩餘分類（residual category）的解釋。雖然周遭的人總把抗爭、騷亂等詞彙跟失序連結在一起，如今，即使那必然會是另一種錯位與錯讀，你會說Fatalistic Suicide更貼近津鳳最初相遇於學運一意義世界並相處，你們同歷如今已不再陳述的衝擊事件裡頭，其後繼續度過時日的狀態。這一宿命，不來源於你們高舉諸種進步詞彙並實踐以諸種人際關係的小圈圈裡頭，也不來源於你們尚未遇見彼此而各自置身於原始暴力的宿命與性別宿命，以及諸此衝突所構成的對個體已然固定卻是與相較主流的變形倫理規範，而是來源於，上述幾種宿命所映襯了她最高度自主性的決定，亦即身為運動者的無能為力，此使自己成為自己最終的宿命，而打破，屬於運動者所追求，你才守著這個存在，延長了最後的最後。直到足夠巨大碾壓過去，同能夠改變時間意義的，社會本質的改變。不過，總之，理論是一圈單獨的圓周，而不是一把作斬斷的利刃。

四十四歲，你已經不會哭了。台北是如此適合一個不再哭泣的人。綿雨沾黏在皮膚的那瞬間有股溫柔的清涼。並不害怕，寬寬仔行。因為你能言行。你把自己放回盆地裡面。

時間只是因為作為時間本身，而讓存在運動了起來。

※

昨天盥洗時，你發現左手指有繭。於是你搭了捷運，再搭了台北客運，搖頭晃腦過了一段長長的國道。你的體力真是遠遠不如前了。

以前歪曲的坐姿，擠在哪裡睡覺，翻過拒馬再爬上牆，甚至被抬走被警棍伺候也就只是痠痛一兩天。大病小病，哪裡阻擋得了繼續某個行動，或者繼續為行動吵架。怎麼，更加頻繁地想起從前，記憶的色彩還能如此清淡？

以前吃再多的藥，熬再多的夜，坐車坐飛機，劇烈的轟炸聲響，叫人咳嗽不停的煙硝氣味，不就也是休養個幾天，拿起手機電腦就可以工作。關在房間裡也好，走出街道外也好，哪裡會時時刻刻腰痠背痛，哪裡會需要為了乳房裡的東西三天兩頭跑醫院檢查吃藥。怎麼，連曾經的劇痛都像是輕吹過的微風？

時常靜止，只是坐著，因為你的腦袋動得不如以前那樣快，身體的肌肉跟神經提醒著你這件事，讓你坐著。不，可能不是運轉速度的問題，可能是資料量太過龐大，只能用模糊的預覽圖尋找過往的記憶。

你甚至懷念起經痛。以前除了經痛以外的其他大小疼痛都是可以治癒的。

現在除了經痛以外什麼都來了。你想著，你活到了這樣的年紀。如果不是一直活著，不知道還有什麼可能性。盲目地活下去原來並非徒勞無功。

你還是經常失眠。跟從前的失眠不同。你能感受到身體在前往另一種未知。那切切實實把你從一個世界推回本來的世界，讓時間進展的步調同步了。

而台北客運的載客率是下降了，維護狀況差強人意，走道上還有垃圾。你挑了第二排的博愛座坐下。此時，你想到津鳳在課堂上說過一句話「不要給老師看垃圾」。你笑了，當年你有交作業就很不錯，還論是不是垃圾。高自尊心的津鳳，常留下一些讓人啼笑皆非的話，但相當貼合她參與社會運動的形象。當老師說社會學老爺爺的想法，她會問為什麼沒有老奶奶呢？

我們如果都變成老奶奶，那會是多好的景象，到時候我們就可以說，我們現在就是那足以與老爺爺理論家並駕齊驅的生命了。你這樣想。

你原本可以搭捷運三鶯線直達，但你認為搖頭晃腦的國道，是回到過去的唯一路徑。交通基礎設施在很短的時間內恢復了。這塊海島命運多舛，終究延續下來。你有一度不想回來，因為你沒有任何情緒可以交付，像是小時候在紀錄片的談話圈子那樣。衝突結束乃至重新建立秩序的那段時間，像是所有的話語齊發，話語有很多舞台，話語要重新確立一切。你認為遙遠更好。

那時你選擇一條看似沒有必要的困難道路，像是住在超過自己可負擔租金的信義區。你選擇大多時候繼續待在國外，已經不將自己比喻為逃兵，而是確信你想要趨近與遠離的抽象狀態。你遠遠地待在邊界上參與著台灣的種種新建重建。你的生存狀態像是違建，像是頂樓加蓋，像是在那之後的台北。那之後的台北才真正整頓了違建與頂樓加蓋。你在國外，在家鄉之外，建立起一個屬於你自己的台北。彷彿像是再次萃取，你只需要萃取過後的台灣。

但是昨天你發現手指有繭。

前陣子，你回來台北一趟，存放舊卡的皮夾竟靜靜躺在鐵盒子裡，被鄰居的兒子所收藏。那經歷了無可想像的歲月與衝突場景的鐵盒，起初只是社辦用來裝社費的，不知從何而來的喜餅鐵盒。你用它放著津鳳的學生證，過期識別證，邊野古兩人的合照，石垣島大家的合照，議場內的黃色通訊錄。

車下學成路站，你帶著毛帽與圍巾，後頸也重重包覆。公車司機是女性，你付款時一瞥的抬頭，司機的面容有點熟悉。收起錢包動作後，你猛然認出那是小筠。你們沒時間打招呼，握著方向盤的司機只說了：「再打電話給我。」

你會非常驚訝，曾經對你提問過的人，你覺得從此以後他們會消失在你生命中，只把問題留給你繼續下去；然而小瓜沒有消失，小筠沒有消失，只是有些人在剎那之中，有些人比預想要留在身邊更久。腳步踉蹌，公車的樓梯比你年輕時要更陡峭了，你帶著笑容下車。往路的一邊看，你想起這區在還沒有麥當勞的第一個學期是如何黑暗，也想到大一寒假，麥當勞剛開幕時，你們相約聊寒假的社會實踐話題，有樂生，有王家。

往路的另一邊看，你的嘆息夾帶一絲細微的感傷又像鬆一口氣：因為老街和這座大學城都沒有受到戰火波及，所以回來的時候，你還能恍如過去。

出門的時候，你撥了電話給兩個大學同學。這兩個姓名是你少數還背得出來的電話號碼。你們剛上大學時，還是智慧型手機邁向普及的前一兩年，社會學研究法的期末報告，四人要分頭去做問卷田調，當時背起來的電話號碼就不會忘掉了，當然以後就再也沒有背過任何人的其他電話號碼。

如今真可以說是老同學了。老同學們沒有加入你的異議性社團，但是他們總會在甲級動員的時候成為一分子，他們不會對於議題侃侃而談，但也是這個國家重新開始以後，你發現沒有真正缺席於任何一個重要時刻的人們。

衝突的那幾年，聯絡管道一度毀棄重來，幾隻電話你記牢了。沒想到他們也懷著一樣的心情，沿用了舊的號碼。回台灣時，你往往會跟她們見面。聊著超音波，胃藥，塞劑，定期檢查與紅字的時候，你會提醒自己，十幾歲到二十幾歲，乃至於三十又到四十，你的人生一直都不只是運動與傷痛。

畢竟四個人裡面只有一個人先下車。如今我們可以這樣數算。

今天早上，你只是淡淡地，跟她們說，如果有空，就一起來。

社會科學院，磚牆的顏色和以前印象中的差好多，但你想著可能是視力或腦力的問題，或許是你太少來學校也說不定，畢竟你學生時期待在街頭的時間更長。如果兩個大學同學一起來，他們的記憶也許比較準確。

年輕時，就像所有大學生一樣，你們會熟起來，正是因為同一組做期末報告的革命情感。兩隻電話號碼的主人，你，以及津鳳，四人曾是一個小組的成員。期末報告由你們三個連同津鳳的份一起完成。這是另類的革命情感。

從前，你們都覺得津鳳是一個特別的存在，圍繞著津鳳的一切都有重量，而且是無法輕易卸下的，疊加在靈魂之上的重量。多年以後才比較輕盈。變得輕盈的理由，不單是時間大風的吹逝而消瘦，如同所有的人事物之於時間；也不是因為從二十二年後又過了二十二年的字數抵消，而讓幼稚而嚮往工整的腦袋得以感覺「夠了」。只是因為，津鳳已經不是少數貼著理想標籤的亡魂。

很多標籤，很多名稱。都很懷念。是因為這樣的懷念，你的體溫才升高了起來嗎？你拿出隨身的布製手巾。這是你在日本養成的習慣。

你原本真的不想搬遷回來。你覺得以新的語言在新的城市過著理所當然的少數生活是你所習慣也偏好的邊緣。社會運動一直在讓你練習並實踐著一種外人看來奇怪的生活。

竟也就這樣過了十年，直到你確認了更年期的早到。不，並不早，早晚之間早沒有那麼絕對。

身體裡面有什麼東西停止了，你倒因此覺得，能回到這座島嶼。你的頭髮越留越長，尾端捲起，固定盤向其中的一邊，在決定好好說話的時候盤向另一邊。此時你猛然有種覺悟，瞭解到數十年前曾在大學社團裡，覺得跟自己最不相像的敏敏，才更像是你原初真正的朋友。她對你的輕蔑正正來自你對她的禮貌，而她曾經抱有要成為你摯友的耐性則在那一兩年間流逝殆盡。那當然已是相望於江湖的定局了。你只是突然想著，不知道敏敏是否也回到這座島呢？

你的月經真的不來了。睡不著覺。萌生回台定居的念頭。老命終究回來算是一種鄉愁嗎？四十四年裡的好幾個年都加權放大，這命於是布滿皺褶，連同整個世代那樣而姑且論為鄉愁。

三年前，你在台灣早有一個房間，因為正好有熟悉的帳號貼著合租徵人消息；就像當年臨時在信義區租房一樣，你每一次搬遷都很突兀也很果斷，你總覺得一個人要待在哪裡或要做什麼，想太久就不會動了。那是一個便宜的小雅房。

三年前，你覺得只是偶爾回來，和室也無妨。

現在決定回來，還沒找到房子前當然只能先住在這個既有的租屋處。共用浴室的簡陋，讓你有些懷念。當然，你不習慣這麼長期和室友相處，畢竟過去三年大多時候你只是把東西放在這裡。

今天早晨，你不明所以摸著手指長出的繭以後，你想了一想，還是決定告訴你在台灣的室友，說你要回去三峽。

戴著識別證準備上班的男子聽到你說的話，便趕緊放下手裡的蛋餅，說他不放心你一個人來三峽。他說，你已經那麼久沒有在大台北通勤，他得要叫小瓜陪你一起出發，畢竟小瓜的工作比較彈性啊。

戴著識別證準備上班的男子是小瓜的伴侶，年紀比小瓜還輕。你還是不免想要對他說，好歹三十幾歲了，可別這麼毛毛躁躁啊。

但你只是苦笑。你說你可以一個人去沒問題，要他別吵醒小瓜。

你想要阻止那年輕的衝勁也是來不及了。他敲門進去很快就把小瓜叫醒。真是一對毛毛躁躁的情侶。

你大嘆一口氣，不過上揚的嘴角沒有完全放掉，在不得不等待小瓜的這段時間裡，你替他們把麵包的袋子拴緊。到這個歲數，你們還是像大學生一樣，以各自的生活節奏在台北蝸居，無奈之中不能說沒有許多溫暖。

結果就是這樣，兩人上了台北客運。你還是有點不快。你對三峽絕對要比小瓜熟。生理上你不過是正值壯年，何必需要照看呢？那不更顯得你生命歷程的皺褶至深，所以別人都不忍不扶一把嗎？

下車以後，小瓜說剛剛出門太趕，來不及吃飯，能不能先去吃麥當勞？

你覺得這種食物很年輕，點完餐時竟也覺得愉悅。

小瓜問你：「所以津鳳究竟是你的誰？」你想起你從未跟他說過這件事。你咬了幾口漢堡，一股從未有過的輕盈浮上腦海，似乎沒什麼不能說。

「是我的大學同學。」而且永遠只是你的大學同學。大學。

二十二年前，雖然你不是第一個發現津鳳沒來上課的人，但你是第一個在看見新聞後，騎著腳踏車到三峽派出所，詢問那一具「身分未明的」是不是津鳳的人。那時候的津鳳是二十二歲。而你之所以記得這麼清楚，是因為你跟津鳳同年。此後每年生日你會都想，如果津鳳活到現在會是什麼模樣。

運動當然是我們所有人的交集。但是，如果活到現在，可以聊的事情就會更多了吧。你想著，更年期其實很適合我們，畢竟我們都是會經痛的人，說不定可以一起舉杯慶祝啊。你用掌心將漢堡聚攏，放進嘴裡再一咬。

小瓜的表情像是還想追問。你提醒他先開動，以免冷了難吃。但你理解這個話題並不適合配著速食吃。其實你希望用餐行程不要拖太久。你意識到自己對比自己年輕的男子總是少了那麼一點耐性。你按著自己的膝蓋。這個圈子。當年你沒辦法想到會跟小瓜變成室友。小瓜的一切也是從問答開始。

你繼續說下去。在她還只是你永遠的大學同學的那時候。

二十二年前，警察拿出一本相簿，遮著照片裡那一具的臉，說就先以這樣的方式讓你指認（善良的做法，即使當時你並沒有餘裕消化這個善良）。那時候，你沒有放棄稍早打過的三、四十幾通電話，包括直接打給津鳳，以及打給所有可能知道她消息的人；你也持續等待著臉書的尋人貼文有什麼回應。同時你緊盯相簿，看著警察小心翼翼用手指遮住臉後的照片所剩下的部分。你看著樹，以及散落在旁的繩子。一邊說的時候，一邊你沒想到竟然對那些數十年以前的一切仍能鉅細靡遺。你沒有看小瓜臉上的表情。

小瓜才剛拆開炸雞的外包裝，小聲追問說，對方的父母家人呢？你再次提醒他先吃幾口，免得拖延，「你應該不想要在天色變暗時進去森林吧？」你的語氣是輕鬆幽默，但在對方聽起來，可能是有點可怕。

你如果繼續說下去，就是你看見了那副眼鏡，衣褲，每多看幾張照片，你會同時滑著臉書看看津鳳的照片裡有沒有那套衣褲。全部看完以後你還是不死心，再次打給津鳳，沒有接，臉書上也沒有任何一點資訊回報，反而是一堆同學問你究竟有沒有最新情報。你最後跟警察說，你必須看臉。

你本來想繼續這樣說下去——當晚警察就聯絡到津鳳的生母，以及不知道第幾任的繼父了。你其實不知道你在派出所待了多久，當時的你喪失了時間感，喪失時間感這種事情在過去似乎經常發生，到現在已經不太算是問題。但當時，等到了那對法律上的父母，至今也無法解讀那股複雜的悲傷。不過你簡單跟小瓜說，你覺得那是一種逃避式的悲傷，不是逃避這場死亡，而是逃避他們本身；否則，他們不會把遺物都交給你處理，帶你去跑形式上的相驗，甚至後來讓你代替成為負責家祭的成員。

喪葬的事，吃飯時候提不好。而且這樣說下去就沒完沒了。所以後面這些你就沒有說了。你放下漢堡，喝了一口飲料，小瓜也喝了一口。小瓜握著飲料杯，可能若有所思，或不知所思。

你接著吃了幾根薯條，並舔舐著左手指尖。這些讓你想到，你有一件比較和煦的事可以補充給小瓜。

你提到津鳳的哥哥。遺物之中，你真正留在身邊的，是一把吉他，那時候津鳳似乎想要開始學吉他，那把是從她哥哥那裡借來的。事發之後，她哥哥卻希望你把樂器留在身邊，可能怕觸景傷情而不願帶回。津鳳的哥哥或許是真正在乎津鳳的家人吧，你想，所以你把吉他留在身邊。

當然，幾年前它就被遺留在信義區的房間了，除了津鳳的吉他，你沒彈過別的，往後在國外的日子更是沒有碰過樂器。你搓了搓手指。

最後你對小瓜說，不知道為什麼今天早上左手指又冒出繭了，所以不好意思，還讓他跑來了這麼一趟。小瓜搖搖頭後給了個迅速的笑容，露出帶有一點食物殘渣的牙齒。他的大而化之最後總讓你卸下心防。

進到校區前，你拿出防蚊液，跟小瓜說，待會進校園的森林，用得上。你從小瓜的眼神看得出一些遲疑，這正是你要的效果。幾年內蚊蟲虐咬致災的嚴重性已經不能與過去同日而語。麥當勞的對話中，你已經向小瓜坦承很多，從而感覺到小瓜不會過於涉入，只是想確認你的神智清醒。你出示通訊紀錄，說：「我還有約以前的老同學呢！」終於說服他放你自己一個人進去。

進校園前，你回頭看了一眼，住宅區裡原本開設一家美髮店的位置。那裡當然已經沒有美髮店了。多年以前，櫃檯人員透過「老師」傳Line給你，問你短髮維護得如何，要不要回去讓她修剪調整，要順便把你的黑傘還給你。

恍惚之間，再看一眼，那個位置還是美髮店，只是換了招牌。你很想厚著臉皮進去，問問櫃檯人員，能不能看那把「立法院院區專用傘」究竟是置放在什麼樣的倉儲空間，那裡還有這樣的傘嗎？你想親自把那俗氣的紅、黃、藍、綠相間的傘，擺放回去。

彷彿就是從那一刻起，拿起了傘，罩著自己。

接著，就跳到了十七年後的現在。大彩傘上升罩在全景的天空。

十七歲，是你們第一次肉身來到這間大學的年齡。你搖搖頭，把這些數字搖掉。把那些好幾輩子以前的想法搖掉。轉身回頭面向校園。地震的時候，你因為前進的步伐，未感受到搖晃。

踏進校園的柏油路，地貌跟從前不太一樣。建築換過，紀念碑換過，方才公車路過的恩主公醫院也換過，麥當勞旁的商店也換過，只有麥當勞本身屹立不搖。校園沒有把青春的活力回灌到你身上。你只是走著，往森林的方向。

學校沒幾個人，北大特區的人口繁盛過一時，又遷出泰半。明明是未受摧毀之處，但校園氛圍也決定了這個區域的氣息與發展。穿過一棟又一棟的院區建築，你仍然看得見一些學生社團的標語，你當大學生的時候也寫過的大字報。如今的課題已經是你無從想像，諸多看不太懂脈絡的用詞。你知道一切已經改變，但年輕的生命永遠有地方要宣洩，某種理想也總會發生在校園。

森林的地貌變了，你找不到那棵樹，也尋不著繩子的灰燼。

於是，你在校園內點起一根又一根的菸，沒有抽，就只是點著，要過很久才會燃燒殆盡。天色還是亮的，泛著一點又紅又黃的顏色。你圍繞幾棵樹的旁邊，煙霧就繚繞在那一整個小丘附近。

當你拿起打火機要點下最後一根菸時，那張照片出現在你眼前，只是剎那出現在腦袋裡像是過曝的一個光影。你想，是這棵樹吧。還在。

小筠以及她的相機重新浮現在你腦海裡，於是你想起十七年前，小筠是往哪個方向走去：是森林的後門。小筠跟她的相機從另一頭遠去，她並憑空沒有消失。只是當她按下快門，她知道她已經重構了你的全部。你想起她踏進你的房間，問過你的那些問題，當她的鏡頭對著你，圓周利刃，之所以觸發你那些對於生命的消極答案，是因為在那段時間裡，你並沒有真正從正面看向自己，回答過自己。你慶幸著，有人反著從森林的後門，走出校區。

大白色的雲朵，變成灰黑色的雲朵，又變成灰濛之間帶著橘紅，大橋穿流而過的是什麼樣的一批新生命，最終都會成為由上至下的那粒雨滴。

距離津鳳第一次離開世界，已經有二十二年，也就是說，你幾乎帶著她重新活過一整個生命了。距離那一個快門聲也已經過了好久好久。你回顧生命的方式像是呆板的編年事件史，有你跟津鳳一起走在遊行裡懷疑所有存在可能性的二〇一二，有經歷右派洗禮但又能去沖繩海邊划船與泡澡堂的二〇一三，有所有人不斷唱著歌而且不太需要睡覺的二〇一四，有在海邊遇見Eartha還跟學弟妹把話題戳開並開了很多場社團會議的二〇一六，還有愛情開始的同時是記憶淤積之始的二〇一九，有你在房內獨自咀嚼著孤獨寫著寄不出去的信聽著世界單側聲音的二〇二一，有搭上飛機離開台灣的二〇二七。你突然想不起今天是哪一年，心裡惟留下了發著紅光的計數板。數字符號裡，有你珍藏的過往。

圓周利刃，那響快門聲讓你變成了鬼魂一般的存在，就像你現在繞著森林的其中一個小丘，手上那端燃燒著紅光的紙菸把白色的物質緩緩推上你軀體的周遭，隱約溫暖地包圍著你。你燒掉了繩索，讓她活在你的身體裡。

那一晚，津鳳從家裡，帶著所需要用到的繩索與童軍椅，穿越過馬路，學校後門，在暗夜接近晨曦的時候行過森林，選定一棵強壯的枝幹的大樹。這整段路程之中，她究竟在想些什麼呢？邁向一個尚未存在的未來，主動抹消自身的存在，那段在虛空之中踩踏的步伐是什麼形狀？

你想了數十年，還未全然明白，至今還在持續明白當中。不如說，你永久站在灰色的階梯。如任何歷史時刻被選定那樣的隨機，今天早上，左手手指長出了繭，你想起你們曾經拿起吉他笨拙地彈著一些曲子，所以選定現在，存在以任何形式安心回到存在以任何形式要回到的地方。

她的掌心曾覆蓋在你的手背，「你準備好要聽了。」

做出選擇，即現在是她的那一天。拾回照片，拾起盒子內的學生證，燒掉的不再是繩索。不再回答問題，因為靜止即是運動。津鳳在這無垠的時光裡她將她自己放下來。時間把手掌鬆開。

森林往大門口的那個方向，早上你撥電話的兩個同學，往這裡走來。

後記　我們之中有些人擁有著巨大的不快樂

二十九歲辭職以後，直到書稿完成的三十一歲，我明白了兩件事，其一是寫小說是最快樂的事，其二是許多故事還未到它們的時機。

十幾年前的過往，時機顯現的模樣倒很明亮。我依循光亮而寫。其後，外在於我的更巨大的東西，使用我這個人，成為了作品。

作品不是我的過往。我卻因此明白，我仍然想念過往。

紀念我的好朋友，北大翻牆社的廖金鳳。

紀念我的好朋友，在組合屋教大家把麵疙瘩捏成陰唇形狀的何悅瑄。

變成的人

作　　者── 許恩恩

副 社 長── 陳瀅如
總 編 輯── 戴偉傑
主　　編── 何冠龍
行銷企畫── 陳雅雯、趙鴻祐
封面設計── 莊謹銘
內頁排版── 立全電腦印前排版有限公司
印　　製── 呈靖彩藝有限公司
校　　對── 魏秋綢

出　　版── 木馬文化事業股份有限公司
發　　行── 遠足文化事業股份有限公司(讀書共和國出版集團)
地　　址── 231新北市新店區民權路108-4號8樓
郵撥帳號── 19588272木馬文化事業股份有限公司
客服專線── 0800-221-029
客服信箱── service@bookrep.com.tw
法律顧問── 華洋法律事務所蘇文生律師
初版一刷── 2024年6月
定　　價── 400元
I S B N── 978-626-314-665-5　(紙本)
I S B N── 978-626-314-659-4　(EPUB)
I S B N── 978-626-314-658-7　(PDF)

國家圖書館出版品預行編目(CIP)資料

變成的人 / 許恩恩著. -- 初版. -- 新北市 : 木馬文化事業股份有限公司出版 : 遠足文化事業股份有限公司發行, 2024.06
320面 ;14.8*21公分
ISBN 978-626-314-665-5(平裝)

863.57　　113005100

本書獲得112年度文化部青年創作補助